9클래스 소드 마스터

WISHBOOKS FUSION FANTASY STORY

이형석 퓨전 판타지 장편소설

이형석 퓨전 판타지 장편소설

초판 1쇄 찍은 날 | 2019년 7월 3일
초판 1쇄 펴낸 날 | 2019년 7월 10일

지은이 | 이형석
펴낸이 | 예경원

기획 | 위시북스
편집책임 | 이규재
편집 | 위시북스

펴낸곳 | 예원북스
등록번호 | 제396-2012-000132호
등록일자 | 2012. 7. 25
KFN | 제1-433호

주소 | 경기도 고양시 일산동구 호수로 646-24 위너스21 II빌딩 206A호 (우)10401
전화 | 031-819-9431 팩스 | 031-817-9432
E-mail | yewonbooks@naver.com

ISBN 979-11-6424-598-7 04810
979-11-6424-597-0 (set)

※ 이 도서의 국립중앙도서관 출판시도서목록(CIP)은 서지정보유통지원시스템 홈페이지(http://seoji.go.kr)와 국가자료공동목록시스템(http://www.nl.go.kr/kolisnet)에서 이용하실 수 있습니다.

9클래스 소드 마스터

WISHBOOKS FUSION FANTASY STORY

이형석 퓨전 판타지 장편소설

1

Wish Books

CONTENTS

▶프롤로그◀

제국력 237년.

"이대로 죽을 수 없다. 그러기엔 내 동료들, 아니, 네게 죽은 내 동료들이 무덤에서 통곡할 테니까……!!"

부서진 투구 사이로 거친 숨소리가 들렸다.

절벽 아래에 너부러진 시체들.

한때 자신이 이끌었던 병사들을 스스로 베고서 도착한 곳. 기사는 분노에 찬 목소리로 외쳤다.

"올리번!!!"

기사가 눈앞에 황제의 이름을 불렀다.

황제 역시 마치 악귀를 보는 듯한 차가운 눈빛으로 그를 노려봤다.

"카릴……!!"

그 순간, 공기가 싸늘하게 변했다.

푸욱-!!!

살을 베는 날카로운 소리가 들렸다.

카릴의 손에 들린 검은 더 이상 피를 머금을 수 없을 만큼 붉게 물들어 있었다.

날카로운 기사의 검이 황제의 허리를 찔렀다.

"쿨럭……."

붉은 피가 입가에 흘러내렸다.

황제의 육체가 무너졌다.

"내 친우(親友)여……. 어째서 우리가 이렇게 되어버린 것인가."

쓰러지는 황제는 안타까운 듯 말했다.

하지만 그 말을 듣는 순간 카릴은 속이 울컥 매스꺼웠다.

"친우……? 죽음의 문턱에서까지 너는 끝내 가식을 벗지 않는구나."

그는 말하고 싶었다.

나는 너를 위해 싸웠다.

대륙을 통일할 때도. 신탁을 받들어 싸웠던 그때도. 누구보다 선두에 섰다고.

오직 너를 위해!!

"이로써 카릴 맥거번은 제국의 역적이 되었군."

이 모든 광경을 지켜보던 한 남자가 있었다.

그는 나지막한 목소리로 말했다.

"북부의 더러운 이민족을 받아들여 준 황제를 결국 배신한 개. 역사는 그렇게 기억하겠지."

그의 이름은 나르 디 마우그.

그는 황제의 시체를 바라보며 감흥 없는 표정으로 말했다.

"아무도 모르겠지. 실상은 황제가 위대한 검성 카릴 맥거번을 암살하려 했던 것을."

신탁전쟁 10년.

인류는 타락(墮落)이라는 끔찍한 괴물에 맞서 기나긴 전쟁을 치렀다.

'이제야 그 끝이 보이는 듯싶었는데……. 어째서 이런 결말이 있게 된 것일까.'

"올리번……. 왜 너는 우리를 죽이려 했는가."

카릴은 낮은 목소리로 중얼거렸다. 끔찍한 전쟁 이후 돌아온 조국에서 자신을 기다리는 것은 환대가 아닌 죽음이었다.

자신을 제외한 신탁의 10인.

모두가 죽었다.

전쟁터가 아닌 그들이 지키고자 했던 인간의 손에 의해서.

"상관없다."

카릴은 차갑게 대답했다.

자신은 이제 이곳에 없을 테니까.

"정말 할 생각이군."

"물론."

그는 천천히 고개를 끄덕였다.

자신의 손으로 만든 쓰러진 시체들에서 흘러나온 흥건한 피를 밟으며 카릴은 입술을 깨물었다.

“정말 저곳으로 갈 생각인가? 저 안에 무엇이 있을지 드래곤인 나조차 가늠할 수가 없다. 어쩌면 신탁(神託)의 괴물보다 더한 것들과 싸워야 할지도 몰라.”

그런 카릴을 바라보며 나르 디 마우그는 저 멀리 보이는 거대한 탑을 가리켰다.

드래곤인 그조차도 알 수 없는 신의 산물.

단지, 알려진 것이라고는 시간을 돌릴 수 있다는 신탁의 구조물이었다.

파렐(Pharel).

타락이라는 괴물을 뱉어내는 이 모든 재앙의 원흉.

쿠르르르르…….

살아 있는 것처럼 으르렁거리며 지금도 괴물을 쏟아내고 있는 파렐을 바라보며 카릴은 생각했다.

나는.

‘무슨 일이 있어도.’

과거로 돌아간다.

▸Chapter 1◂

"……카릴, 카릴!"

카릴은 자신을 부르는 목소리에 감았던 눈을 천천히 떴다.

흐릿한 시야가 점차 또렷해진다.

'빛……'

고개를 돌렸다.

창밖으로 보이는 풍경이 움직이고 있다.

햇살이 나뭇잎 사이로 반짝였다.

"긴장되느냐."

눈앞에서 그를 걱정하는 얼굴로 바라보는 남자가 있었다.

"걱정 말거라."

신기한 듯 그를 바라보자 남자는 자신의 뺨에 무엇이라도 묻은 것을 닦아내려는 듯 손등으로 턱을 쓰윽 만졌다.

그리운 얼굴이다.

'아버지…….'

그가 살아 있는 모습을 본 게 언제였던가.

덜컹-

그 순간 앉아 있던 의자가 흔들렸다.

마차 안이라는 것을 알아차리고는 그제야 그는 안도의 한숨을 내쉬었다.

기억해 냈다. 그리웠던 풍경이다.

그토록 다시 보고 싶었던…… 순간.

원하던 때. 원하던 장소.

모든 것이 그의 계획대로였다.

'얼마나 걸린 거지…….'

치를 떨게 했던 거대한 탑은 보이지 않았다.

확실했다.

지금은 신탁(神託)이 일어나기 전.

카릴은 웃었다.

그의 모습에 남자는 더욱 이해가 가지 않는다는 듯 살짝 인상을 썼다.

하긴 그 누구도 지금 그의 마음을 알 수 있는 사람은 없을 것이다.

억겁(億劫)과도 같은 시간. 그 끝을 넘어왔다.

그는 참았던 말을 마음속으로 토해냈다.

'돌아왔다.'

"날 원망해도 좋다."

마차가 멈추자 남자는 카릴에게 말했다.

"너의 부족은 이제 사라졌고 네가 유일한 생존자다. 어쩌면 그 분노가 살아가는 데 있어 널 강하게 해줄지도 모르지."

변방임에도 불구하고 화려한 저택.

"네 아비를 죽인 게 바로 나니까."

정갈하게 가꿔진 정원을 걸어가며 그는 말했다.

"하나 너의 아버지, 칼리악은 훌륭한 전사였다."

"……."

잊고 있던 이름.

그 순간 카릴은 고개를 들어 남자를 바라봤다.

크웰 맥거번.

제국의 청기사단 단장. 대륙의 다섯뿐인 소드 마스터 중 한 명.

그리고 자신의 양아버지였던 남자.

전란(戰亂)의 시대. 많은 사람이 죽었고 지금도 죽어간다.

정확히 1년 전. 제국의 황제 타이란 슈테안은 황명을 내렸다.

이단섬멸령(異端殲滅令).

신을 모시지 않는 이민족을 부정하고 개종을 거부하는 자들은 가차 없이 척결한다.

카릴의 부족 역시 이단이란 이유로 사라졌다.

이단의 기준은 명백하다. 태어날 때부터 마력을 가지고 있는가 없는가.

제국인들은 크든 작든 태생적으로 마력을 가지고 태어난다.

그러나…… 자신들은 아니다.

'올리번이 황위에 오르고 나서야 끝이 났었지.'

자신의 손으로 죽인 선왕이라 칭해졌던 황제.

아직도 그때의 기억이 선명하다.

끝까지 신을 믿었던 불행한 친우(親友).

"……."

입맛이 썼다.

제국에서 카릴과 같은 눈동자를 가진 사람은 아무도 없었다. 그의 눈동자 색깔이 바로 이단의 증거였으니까.

검은눈 일족. 이단이라 불리는 이민족 중 하나였다.

'아버지.'

카릴은 크웰을 바라봤다.

그는 수많은 이민족을 죽였다.

그리고 앞으로도 더 많은 부족을 멸할 것이다.

고아가 된 자신을 거두어주었지만 아이러니하게도 자신을

고아로 만든 장본인이 그였다.

"이곳이 앞으로 네가 지낼 곳이다."

친부(親父)를 죽인 그를, 카릴은 어떻게 아버지라 부를 수 있을까.

'신탁이 내려지기까지 앞으로 3년…….'

많은 일이 있었다.

카릴은 전생(前生)의 기억들을 하나둘 떠올리며 그것들을 잊지 않기 위해 곱씹었다.

쿠그그그그…….

저택의 문이 열렸다. 문 앞에 서 있는 다섯 명의 소년이 자신을 바라보고 있었다.

누군가는 흥미롭게, 누군가는 두렵게, 누군가는 분노를 담아, 누군가는 무관심하게. 누군가는…….

카릴은 그들을 훑어봤다.

다섯 명과는 다른 눈빛이었다.

마치, 그리웠던 이와 재회를 하게 된 사람같이.

'마르트, 티렌, 엘리엇, 란돌, 제이크.'

한 명 한 명, 그들의 이름을 속으로 말해본다.

"반갑다."

다섯 명 중 가장 앞에 서 있던 소년이 카릴을 향해 손을 뻗었다.

유일하게 크웰과 닮은 얼굴이었다.

그럴 수밖에. 그만이 크웰의 피를 이어받은 직계였으니까.
단 한 명뿐인 크웰의 혈육이자 장남인 마르트 맥거번.
나머지 네 명은 자신과 마찬가지로 피가 섞이지 않은 양자들이었다.
'살아 있다.'
떨리는 눈을 감았다.
신탁을 받들기 위해 그들과 함께 싸웠던 기억이 하나둘 스쳐 지나가는 것 같았다.
"……."
마론 협곡에서 마족에게 심장이 꿰뚫린 채 죽어가던 첫째, 키웰 해전에서 새카맣게 재가 되어 죽은 셋째, 마족의 이빨에 사지가 찢겨 죽은 다섯째…….
하지만 지금 그들이 생기 있는 얼굴로 자신을 바라보고 있었다.
그중에서도 가장 비참하게 죽은 첫째가 자신에게 손을 내밀고 있다.
'형님.'
감회가 새로운 듯 카릴은 마르트를 바라봤다.
전장 속에서 고통받던 자신이 기억하는 모습이 아닌 아직 때 묻지 않은 그들.
젊었다. 아니, 어리다고 해야 할 것이다.
카릴은 그제야 정말로 과거로 돌아왔다는 것을 실감했다.

꽈악-

북받쳐 오르는 자신의 감정을 숨기고 담담한 표정으로 그의 손을 잡았다.

"자, 들어가자꾸나."

크웰은 그런 카릴의 어깨를 가볍게 밀며 나지막한 목소리로 말했다.

"네, 아버지."

아이들은 그를 따라 저택 안으로 들어갔다.

"……."

마지막 계단을 밟고 오르던 카릴의 발이 잠시 멈추었다.

그러고는 천천히 위를 바라봤다.

"뭐 해?"

마르트 맥거번이 카릴을 불렀다.

"아무것도."

어색한 듯 어색하지 않은 듯 카릴은 묘한 표정으로 대답하며 고개를 돌렸다.

하늘을 바라본 게 아니니까.

그보다 더 위, 누군가를 떠올렸던 것뿐이다.

'보고 있나, 율라(Yula).'

카릴은 신의 이름을 되뇌며 생각했다.

이제 곧 그녀가 내릴 끔찍한 시련이자 지독한 피비린내가 나는 신탁전쟁이 일어날 것이다.

'아니, 똑똑히 지켜봐라. 이제부터 내가 모든 걸 바꾸어놓을 테니.'

카펫을 밟는 발의 촉감이 좋았다.

단단한 갑옷이 아닌 부드러운 신발의 감촉을 느껴본 적이 언제였던가.

그는 지옥 같은 탑을 올라 과거로 왔다.

그리고 돌아왔다.

시간을 거슬러 과거로. 우연이 아닌, 자신의 의지대로.

'미래를 바꾸겠다.'

그러니, 이 역시 이룰 것이다.

"루벤이라고 합니다."

카릴은 자신을 향해 꾸벅 인사를 하는 소년을 바라봤다.

갈색 머리에 뺨에 주근깨가 아직 있는 앳된 아이였다. 그의 눈엔 한없이 어린아이로 보였지만 자신 역시 그와 같은 또래라는 걸 카릴은 다시 한번 떠올렸다.

"나이는 어리지만 저택에서 오래 지내온 아입니다. 똘똘한 아이니 불편한 게 있다면 이 아이에게 말씀하시면 됩니다."

그의 옆에 서 있는 노년의 남자. 오랫동안 맥거번가의 살림을 도맡아왔던 시종장 테일러였다.

'다시 보니 좋군, 테일러'라고 말하고 싶었지만 카릴은 고개를 끄덕이는 것으로 재회의 인사를 대신했다.

"네."

테일러는 담담한 얼굴의 그를 보며 신기하다는 생각이 들었다.

'옷이 날개라더니.'

처음 저택에 왔을 때의 꾀죄죄했던 모습은 온데간데없이 사라지고 그의 눈앞엔 귀족의 자제라고 해도 손색이 없을 아이가 서 있었다.

'저 당당함…….'

하지만 테일러가 놀란 것은 단순히 그의 겉모습 때문만이 아니었다.

'마치 황도(皇都)의 지체 높은 귀족들을 보는 느낌이야. 신기하군……. 분명 이민족의 아이라고 했는데 말이야.'

꼿꼿하게 서 있는 모습부터 알게 모르게 풍겨오는 기운까지. 이곳에 오래 지낸 다른 형제들보다 더 귀족다운 모습이었다.

'이민족도 분명 계급사회라고 하긴 했었지. 흐음……. 제국에 비해 문화가 뒤떨어지지만, 야만인들만 있는 건 아닐 테니까.'

테일러는 카릴의 모습을 살피며 생각했다.

'그래, 적어도 족장의 아들 정도 되는 아이겠지. 주인님께서 평범한 아이를 데려오진 않으셨을 테니까.'

테일러는 그다지 의문을 품지 않았다.

익숙한 듯 자연스러운 느낌.

그도 그럴 것이 카릴뿐만 아니라 먼저 맥거번가(家)에 들어온 네 형제도 모두 특이한 이력이 있었으니 말이다.

'뭐…… 부디 이걸로 마지막이면 좋을 텐데.'

벌써, 여섯 번째 양자(養子).

처음의 한두 번이야 그렇다 쳐도 한 손으로 셀 수 없을 정도의 숫자가 되니 그로서도 신경 쓰이지 않을 수 없었다.

'마님의 심기가 당분간 또 불편하시겠어.'

테일러는 낮은 한숨을 쉬고는 가볍게 허리를 숙여 인사를 하며 말했다.

"그럼 이만. 루벤, 도련님을 잘 모시거라."

"네, 시종장님."

긴장된 얼굴로 아이가 대답했다.

능숙한 시종장과는 달리 주변에 있던 다른 시녀들은 카릴의 시선이 닿기만 해도 깜짝깜짝 놀라며 고개를 숙였다.

'뭐, 이해는 된다. 이민족을 본 건 처음일 테니까.'

카릴은 쓴웃음을 지으며 생각했다.

이런 대접은 이미 이골이 났으니까. 앞으로도 꽤 오랫동안 이어질 것이다.

"앉아."

카릴은 익숙하게 주전자에 찻잎을 넣었다.

"아, 그건 제가……."

"됐어."

그 모습에 루벤이 화들짝 놀라며 다시 일어섰지만 카릴은 손을 저었다.

'다른 건 잘하는 녀석이었지만 차를 우리는 것만큼은 정말 못했잖아. 시간이 지나도 어차피 나아지질 않을 일이지.'

그는 기억을 떠올리며 쓴웃음을 지었다.

"같이 마실래?"

"네? 아…… 네, 네."

루벤은 잔뜩 긴장한 얼굴로 카릴이 건넨 찻잔을 받아 들었다.

"어?"

한 모금 마시자마자 그는 동그랗게 놀란 눈으로 카릴을 바라봤다.

"맛있어요. 이렇게 맛있는 차는 처음이에요."

"칭찬이 과해."

"아니에요. 정말이에요."

루벤은 조금 전의 긴장으로 목이 탄 듯 카릴이 준 차를 홀짝홀짝 잘도 받아 마셨다.

'너하곤 참 오래 있었지.'

전생의 카릴은 오랫동안 맥거번가에 어울리지 못했다. 덩달아 루벤과도 마찬가지였다.

당연한 일이었다.

자신의 부족을 멸망시킨 장본인의 가문.

닥치는 대로 부수고 엉망으로 만들기 일쑤였다.

그는 항상 날을 세우고 있었고 그런 자신의 뒤를 루벤은 그저 겁에 질린 얼굴로 따를 뿐이었다.

'하지만 생각해 보면 너만 한 사람도 없었지. 모두가 쉬쉬했지만 저택에서 이민족이라고 날 피하지 않은 몇 안 되는 사람 중 하나였으니까.'

저택에서 처음 만난 사람.

'많은 일이 있었지.'

그 세월 동안 끝까지 자신을 믿어준 사람.

'그걸 네가 죽은 다음에야 알게 되었던 게 내 후회 중의 하나였다.'

카릴은 루벤을 바라봤다.

"저……. 도련님은 이제 이곳에서 생활하시는 거죠?"

"그렇겠지."

어색한 공기를 깨기 위함일까. 루벤은 용기를 내서 카릴에게 먼저 말을 걸었다.

"중앙은 처음이시죠? 북부에 계셨으니……. 혹시 궁금한 거라도 있으세요? 아니면 저택에서 가보고 싶은 곳은요? 제가 안내해 드리겠습니다."

자신 있게 말하는 그의 모습에 카릴은 피식 웃었다.

'궁금한 게 있을 리가. 아마도 너보다 내가 더 이 저택에 대해서 더 잘 알고 있을 거다. 심지어 네가 죽은 이후의 가문의 모습까지 말이야.'

그걸 알 리 없는 루벤은 초롱초롱한 눈빛을 빛내며 카릴의 대답을 기다렸다.

"한 곳 있긴 한데."

카릴은 나지막하게 말하며 창밖을 바라봤다.

어스름이 깔리기 시작하는 저녁.

저 멀리, 한 곳을 주시했다.

'빠르다면 빠를지 모르지만……. 전생(前生)처럼 쓸데없이 시간을 허비하지 않을 거다.'

바로잡기 위한 첫 단추.

다들 그곳에 모여 있을 거다.

아마도 지금쯤 자신에 관한 얘기로 소란스럽겠지.

하지만 그 정도 소란은 앞으로 자신이 하려는 일에 비한다면 시작한 것도 아니다.

꽈악-

손아귀에 힘이 들어간다.

손목을 푸는 그의 동작에서 설렘이 느껴졌다.

"그곳이 어디시길래요?"

루벤이 물었다.

카릴은 그리운 이름을 내뱉었다.

"맥거번가(家)의 연무장(研武場)."

"어떤 것 같아?"

"그 눈동자 봤지? 더 이상 무슨 설명이 필요하겠어."

캉-!! 카앙-!!

검이 부딪치는 소리가 요란했다.

"형님, 이민족이라니……. 도대체 아버지께선 무슨 생각이신 거지? 죽여야 할 녀석을 데려오다니요. 황명을 거역한 것과 다를 바 없잖습니까?"

"말을 가려서 해라."

"……."

마르트 맥거번은 셋째인 엘리엇을 향해 말했다.

"하지만 형님……."

"검에 집중해. 목숨을 걸고 싸우는 상황에서도 딴생각을 하는 것이냐? 아니면."

그의 검이 궤도를 바꾸며 엘리엇의 가슴을 노렸다.

"나와의 대련이 싱겁다고 생각하는 것이냐."

카가각-!!

엘리엇은 아슬아슬하게 그의 검을 막았지만 오히려 검날을 타고 마르트의 공격이 더 거세게 이어졌다.

한 호흡에 세 번의 찌르기가 엘리엇의 어깨를 노렸다.

캉!! 카강!!! 캉!!

두 번의 공격을 막았지만 결국 마지막을 버티지 못하고 엘리엇이 검을 떨어뜨리고 말았다.

"……설마 제가 형님과의 대련에서 딴생각을 품을 여유가 있겠습니까."

어깨를 으쓱하며 엘리엇이 한숨을 내쉬었다.

유일하게 크웰의 피를 이어받은 사람.

검술 실력부터 품성까지.

부족함이 없이 모두가 인정하는 후계자였다.

"너희들 역시 같은 처지다. 아버지께서 데려온 이상 우리의 막내가 되는 거야. 알겠느냐."

여유로운 모습. 마르트는 그런 대우가 익숙한 듯 말했다.

태생이 다르다. 그는 누가 뭐라 해도 귀족이니까.

하지만 두 사람의 대련을 지켜보고 있던 둘째, 티렌은 그의 말에 동의하지 못하겠다는 듯 인상을 구겼다.

"진심이십니까?"

"……."

"정말 저희를 받으실 때와 똑같은 마음이시냔 말입니다."

그들에게 있어 갑작스럽게 형제가 생기는 건 그다지 놀라운 일은 아니었다.

제각각의 눈동자. 제각각의 피부. 제각각의 모습까지.

닮은 구석이라곤 없다.

몰락한 귀족에서부터 상인의 아들, 수도원에 버려진 아이까지…….

모든 게 달랐지만 한 가지 공통점이 있었다.

재능(才能).

어린 나이임에도 불구하고 그들은 모두 한 방면에서 두각을 나타내는 아이들이었다.

"형님은 두말할 것 없고, 아버지께서 녀석에게 무엇을 보신 건진 모르지만 아무리 그래도 이민족은 아니지 않습니까."

"네가 이민족을 싫어하는 이유는 우리가 다 알고 있으니 열을 낼 필요 없다."

"……앞으로 어떻게 될 것 같습니까."

티렌은 입술을 깨물며 물었다.

"지켜봐야겠지. 아버지께서 그 아이에게 찾은 게 황명보다 더 가치가 있는 것인지."

"설마 아버지께서 녀석마저 승계 후보에 올리시진 않으시겠죠."

척-

마르트는 아무 말도 하지 않은 채 바닥에 떨어진 엘리엇의 검을 던졌다.

"시답잖은 소리."

하지만 그 순간, 그의 얼굴은 차갑게 굳어 있었다.

"이쪽이에요."

카릴은 루벤의 안내를 받으며 복도를 걸었다.

제국을 대표하는 기사 가문인 맥거번의 역대 가주의 초상화들이 나열되어 있었다. 복도의 끝에 크웰의 그림이 걸려 있었다.

그리고 빈 자리.

'생각해 보니 많은 일이 있었다.'

카릴의 과거.

평온한 저택으로만 보였던 이곳에서도 수많은 사건과 만남이 있었다.

'저곳에 걸릴 초상화가 누구인지 알고 있다.'

잊지 말아야 할 중요한 일.

그중엔 역사를 바꿀 만한 사건들도 있다.

'이번 생엔 누가 이곳에 얼굴이 걸릴까.'

카릴은 걸음을 멈췄다.

그러고는 빈 액자를 물끄러미 바라봤다.

원래대로라면 첫째인 마르트가 가문을 물려받는 것이 당연했다.

'하지만 아버지는 모든 자식에게 승계 후보자의 자리를 주었지.'

그렇다면.

'이번 생에도 녀석이 가문을 이어받을까?'

그건 모르는 일이다.

'나는 미래를 알고 있다.'

당연히 맥거번가(家)의 가주(家主)를 확정 짓게 했던 사건도.
저 자리에 그의 초상화가 걸리는 것도 이제 불가능한 일이 아니었다.
하지만.
'내 목표는 고작 백작이 아니다.'
이제 몇 년 뒤, 신탁이 내려지고 파렐 속 괴물들이 나타나면 대륙을 손안에 두었던 화려한 제국 귀족들의 삶 따윈 의미가 없다.
카릴은 시간을 거슬러 오는 탑 안에서 오직 한 가지만을 생각했다.
모든 것에 정점(頂點)에 서는 것.
"저곳이에요."
루벤이 가리키는 방향을 바라봤다.
"그래."
카릴은 검을 부딪치는 익숙한 소리를 들으며 천천히 걸음을 옮겼다.

"음?"
"저 녀석……."
연무장의 문이 열린 순간 모두의 시선이 한곳에 쏠렸다.

"카릴, 먼 길을 와서 피곤할 텐데 쉬지 않고 어째서 이곳까지 온 거지?"

마르트는 땀을 닦으며 말했다.

따뜻한 그의 말과는 달리 냉랭한 분위기가 연무장을 감돌았다.

"아 네, 주인님의 말씀으로 잠시…… 저택을 둘러보는 중이었습니다."

눈치 빠른 루벤이 먼저 입을 열었다.

"그래? 쓸데없는 곳까지 안내했다. 어차피 이곳과 인연이 없을 녀석인데. 데리고 돌아가."

"그게……."

엘리엇은 카릴이 같은 공간에 있다는 것만으로도 싫은 기색을 감추지 않았다.

"신경 쓰지 말고 계속해."

카앙-!!

캉!! 캉!! 카아앙-!!

검이 부딪치는 소리가 들렸다.

몇 분이 흘렀을까.

"……."

신경 쓰지 말라고 말했던 마르트의 검이 멈췄다. 그는 뒤에서 느껴지는 카릴의 시선을 끝내 무시하지 못했다.

"검을 좀 쓸 줄 아느냐. 북부의 이민족들은 맨손으로 사람을 죽이고 살을 뜯어 먹는다는 소문만 들어서 말이야."

"……."

다정하게 말하는 말투와 달리 그의 말 안엔 바늘이 숨겨져 있었다.

"어때. 구경만 하지 말고 해볼 테냐."

"형님?"

카릴은 차분한 척 말하지만 자신을 바라보는 마르트의 눈빛이 흔들리고 있다는 것을 알았다.

'역시…… 변한 게 없군. 자존심 강한 네 성격이라면 내 시선을 참지 못할 줄 알았지.'

그는 나지막한 목소리로 말했다.

"전력(全力)으로 한다면."

그의 한마디에 침묵하던 나머지 사람들은 어처구니가 없다는 표정을 지었다.

'미친놈……. 무슨 생각으로 형님을 도발하는 거지?'

'오자마자 찍히고 싶어서 안달 났나 보군.'

'넌 끝이다.'

아무리 형제라고 하지만 자신들은 양자(養子)였다.

재능이 있다 한들. 첫째인 마르트의 심기를 거스르는 행동을 피하는 건 당연한 일이었다.

그것은 그들만의 암묵적인 룰이었으면서 양자가 살아남기 위한 방법이었다.

다행이라면 다행인 것이 크웰의 친아들인 마르트가 자신들이 인정할 수 있을 만큼 뛰어난 사람이라는 것이었다.

'아이고……. 난 이제 죽었다. 시종장님은 왜 하필 나한테 이런 일을 맡기셔서는……'

그의 눈엔 마냥 대책 없어 보이는 카릴의 행동에 루벤은 속으로 울상을 지었다.

첫날 오자마자 친 사고가 대형 사고였으니 말이다.

"전력이라……. 재밌는 소리를 하는구나."

카릴이 천천히 고개를 끄덕였다.

"나보고 마력을 쓰라는 말이냐. 그게 무슨 의미인지 아느냐. 카릴, 넌 멸족의 쓸데없는 자존심을 버리지 못했나 보구나."

그의 말에 카릴은 가볍게 웃었다.

"좋든 싫든 너는 앞으로 이곳에서 지내야 하니 형으로서 제국의 법도를 가르쳐 주지. 엘리엇, 카릴에게 검을 줘라."

마르트의 말에 모두가 놀랐다.

"진심이십니까, 형님?"

화르르륵……!!

그 순간, 마르트의 검에서 불길이 솟구쳐 올랐다.

마나 블레이드(Mana Blade).

"너는 지금 이게 농담으로 들리나?"

"……."

그가 일그러지는 얼굴로 으르렁거리듯 말했다.

도발은 성공이었다.

'구구절절 말이 많지만 결국은 나를 꺾어놓을 명분을 만들려는 수작에 불과한 것. 마르트 맥거번, 겉으론 포장해도 결국 자기를 떠받들어 주는 것을 좋아하는 속 좁은 소인배였으니까.'

이제 막 저택에 온 카릴의 입지는 좁다.

다른 양자들처럼 마르트의 눈치를 살피며 조금씩 자신의 세력을 만들 수도 있다.

하지만 어째서 이런 위험한 수를 두었을까.

'도대체 무슨 꿍꿍이지.'

머리가 좋은 티렌은 카릴의 담대한 행동에 도무지 이해가 가지 않는다는 표정으로 그를 바라봤다.

콰아악-

카릴은 마르트의 검을 바라보며 쥐고 있던 검에 힘을 주었다.

오직 제국인만이 가질 수 있는 힘.

마력(魔力).

시간을 거슬러 오며 탑의 수많은 층을 오르며 생각하고 또 생각해서 내린 하나의 결론.

자신이 더 강해질 수 있는 방법.

몇 번을 생각해도 저거다.

'이번 생에 그걸 깨주겠다.'

이민족인 자신은 평생 가지지 못하는 힘.

'내가 새로이 가야 할 길.'

그는 천천히 검을 들어 올렸다.

이번 생에.

'나는 마법을 익힐 것이다.'

아니, 그것만으론 부족하다.

카릴의 입꼬리가 살며시 올라갔다.

'검(劍)과 마법(魔法). 두 가지의 길 모두 정점에 서겠다.'

그 누구도 상상조차 못 할 것이다.

이 무모해 보이는 도발이 오랜 세월 끝에 생각해 낸 계획의 첫 단추라는 걸.

'이 녀석…….'

마르트 맥거번은 검을 쥔 채로 한동안 굳은 것처럼 서 있었다.

팽팽한 긴장감.

그건 두 사람을 바라보는 사람들도 마찬가지였다.

'왜지? 왜 안 움직이시지?'

'이렇게 신중한 형님은 처음이다.'

'설마 저 이민족 녀석이 그 정도로 강하단 말인가?'

빠득-

엘리엇은 못마땅한 얼굴로 이를 갈았다.

"마법도 쓰지 못하는 놈이……."

제국인들은 태어날 때부터 마력을 가진다.

그리고 그들의 특성에 따라 5대 속성 중 하나의 힘을 쓸 수 있다.

마르트의 마나 블레이드.

맥거번가(家)의 피를 이어받은 그의 검은 크웰과 같이 불꽃을 머금고 있었다.

하지만 마르트의 검과 달리 카릴의 검은 깨끗하기 그지없었다.

황제가 선포한 이단섬멸령(異端殲滅令).

이것이 바로, 이민족들이 이단으로 칭해진 이유.

제국인들과 달리 마력을 담는 마력혈이 없는 이민족들은 마력을 쓸 수 없었기 때문이다.

모두가 마르트의 승리를 믿어 의심치 않았다.

하지만.

"……."

당사자인 그의 얼굴은 굳어 있었다. 그냥 가볍게 혼을 내줄 생각이었다. 첫째로서 본보기를 보여줄 필요가 있었다.

그런데 뭔가 잘못되었다.

미심쩍었던 그 기분은 카릴을 앞에 두고 확실해졌다.

'빈틈이…… 없다.'

꿀꺽-

마르트는 자신도 모르게 마른침을 삼켰다.

본능적으로 위험을 느꼈다.

비록, 몸은 어린아이였지만 카릴은 마력조차 없는 몸으로 검성(劍聖)의 경지에 올랐던 사람이다.

전장에서 셀 수 없을 만큼 검을 휘둘렀다.

그리고 시간을 거스르기 위해 탑 속에서.

백 번, 천 번, 만 번, 천만 번, 일억 번, 백억 번…….

기억조차 나지 않는다.

일만 개의 층을 넘어가는 순간부터 숫자를 세는 것을 포기했다.

올라갈수록 시간을 역행한다는 것을 어렴풋이 본능적으로 느낄 뿐이었다.

셀 수도 없을 만큼의 층계를 오르면서 그 안에서 벤 괴물의 숫자는 그 층의 열 배…… 아니, 백 배도 넘을 것이다.

카릴 맥거번은 그런 곳에 있었다.

콰아아앙-!!!

마르트의 몸이 움직였다.

양손으로 검을 쥐고서 그가 있는 힘껏 카릴을 향해 검을 그었다.

'두 번은 페인트. 그리고 세 번째는 흘림. 네 번째는 반격 그리고 마지막이 진짜 공격.'

교본을 보는 듯한 완벽한 자세였다.

'정교하다. 그리고 깔끔하지.'

하지만 그게 문제였다. 너무 완벽했기 때문에 자신도 모르게 몸에 밴 똑같은 습관.

화염이 검날을 타고 일렁거렸다.

마치 춤을 추는 듯한 마르트의 검술을 보며 사람들은 입을 다물지 못했다.

'저렇게 전력을 다하는 형님은 처음이야.'

'끝났군.'

하지만 정작 당사자인 마르트의 표정은 좋지 못했다. 뜨거운 열기가 느껴졌지만 카릴은 검날이 뿜어내는 화염이 두렵지 않은 듯 오히려 거리를 좁혔다.

'한 번, 두 번, 세 번……. 지금.'

습관적으로 축이 되는 발목을 꺾는다.

'중심이 약해진다.'

카릴이 마르트의 검을 피하며 주저앉듯 허리를 굽혔다. 마르트의 축이 되는 다리를 가볍게 검날로 때렸다.

황급히 그의 공격을 피하려고 뒤로 주춤하는 순간.

'아차……!!'

카릴의 주먹이 그의 목을 강타했다.

숨이 턱하고 멈추는 기분.

"컥……! 커컥……!!"

마르트가 볼썽사나운 자세로 검을 떨어뜨리며 넘어졌다.

승부는 어이가 없을 정도로 쉽게 났다.

하지만 그 결과가 당연하다는 듯 카릴은 아무런 말도 하지 않았다.

"이 이민족 새끼!! 더러운 수작을!!"

"……멈춰!!"

마르트가 굳은 얼굴로 소리쳤다.

"가만히 있어라, 엘리엇."

"하지만."

그의 혼란스러운 얼굴을 보며 카릴은 검을 거두었다.

'형님이……'

'졌다?'

혼란스럽기는 뒤에서 지켜보던 동생들 역시 마찬가지였다.

'어떻게 생각할지 모르겠군.'

어쩌면 오해를 불러일으킬 수 있을 일이다.

저택에 온 당일 갑자기 나타난 이방인이 검을 들이댔으니까.

하지만.

'내가 무리해서 당신을 만나러 온 이유가 있다.'

카릴은 그를 바라봤다.

'마르트, 너라면 아마 눈치챌 수 있을 거다. 지금 패배의 이유. 그리고 너의 부족함이 무엇인지. 교관도 눈치채지 못했을 거다. 과도한 연습은 오히려 잘못된 버릇을 만들거든. 만약 깨닫지 못한다면……'

차라리 지금이어야 했으니까.

그렇다면 무례한 이민족 아이로부터 생긴 해프닝으로 끝날 수 있다.

그러나 시간이 더 흘러 그냥 내버려 둔다면…….

'넌 가문(家門)을 지킬 수 없다.'

아니, 너 자신도.

'무리하게 강해지려는 욕심. 말을 하진 않지만, 그 역시 장남으로서 압박을 받았던 거겠지.'

더 강해져야 한다는 것.

그것이 오히려 그의 발목을 잡았다.

'하지만 이대로 방치하기엔 당신의 재능이 아깝다. 적어도 검에 있어서는 크웰의 피를 이어받은 게 거짓은 아니니까.'

그라면 좀 더 강해질 수 있다.

어쩌면 이건 백작가의 후계자 자리를 놓고 가장 큰 라이벌을 돕는 일.

보통이라면 이해할 수 없는 일이다.

하지만 카릴의 머릿속엔 그보다 더 중요한 목표가 있었다.

'내게 필요한 사람이니까.'

"여러 가지로 배웠군."

마르트가 내민 손을 잡았고, 카릴은 그를 바라봤다.

'이제 소인배로 남을 것인가 아니면 내 사람이 될 것인가는 앞으로 네가 정해야 할 일이겠지.'

하지만.

'방해물이 된다면 가차 없이 벨 것이다.'

그 순간, 그의 눈빛이 날카롭게 빛났다.

그때였다.

"거기까지."

갑작스러운 크웰의 등장에 모두가 황급히 일어나 고개를 숙였다.

"아, 아버지."

"늦은 밤까지 수련을 하는 것도 좋지만, 너무 늦었다. 모두 방으로 돌아가거라."

그의 말에 아이들이 속속들이 연무장을 빠져나갔다.

"카릴, 넌 남거라."

담담하게 말했지만 그의 목소리엔 노기가 서려 있었다. 루벤은 걱정스러운 눈빛으로 카릴을 한 번 바라보고는 연무장을 빠져나가는 사람들을 따라나섰다.

"왜 이런 짓을 한 거지?"

"무슨 말인지 모르겠습니다."

크웰은 낮은 한숨을 내쉬었다.

"카릴, 나는 곧 황궁으로 가야 한다. 그렇게 되면 너 혼자 이곳에 남는다."

"……."

"아이들과 사이좋게 지내라는 말은 하지 않겠다. 하지만 굳이 문제를 일으키진 않았으면 좋겠구나. 그렇게 되면 너만 더 힘들어질 뿐이야."

카릴은 크웰을 바라봤다.

장소는 다르지만 전생(前生)에서도 그는 똑같은 말을 했었다.

'하지만 오히려 그 말에 반발해서 더욱 형제들을 향해 가시를 세웠었지.'

모든 게 미웠으니까.

자신의 부족을 멸망시키고 돌봐주는 크웰의 모습이 한없이 가식적으로 느껴졌었다.

'그땐 우리 일족과 그의 관계를 몰랐었으니까.'

적어도 저 말은 진심이었다.

"아무래도 당분간 검은 들지 않는 것이 좋겠구나. 혹시 달리 하고 싶은 거라도 있느냐."

크웰을 그렇게 물었지만 카릴이 대답을 할 거라고는 생각하지 않았다.

검은눈 일족에게 검(劍)은 떼려야 뗄 수 없는 것이니까.

끄덕-

하지만 그의 예상과 달리 카릴이 고개를 끄덕이자 크웰은 눈을 동그랗게 떴다.

"그래? 무엇이냐. 말해보아라."

카릴은 기다렸다는 듯 담담한 목소리로 말했다.

"마법을 공부할 겁니다."

"……."

그 순간, 크웰은 말없이 카릴을 바라봤다.

아마…… 지금 그는 이렇게 생각하겠지.

미친 소리라고.

늦은 밤.

모두가 잠든 시각, 연무장엔 아직도 불이 켜져 있었다.

"자네와 검을 대하는 것도 오랜만이군."

"그러네요. 한데, 아무래도 이번엔 골칫거리를 데려오신 것 같습니다."

"훗……."

크웰은 검을 가다듬으며 쓴웃음을 지었다.

반년 만에 전선에서 돌아온 그였다. 오랜만에 돌아온 집은 평온함이 아닌 팽팽한 긴장감만이 감돌았다.

하지만 그 원인을 제공한 사람이 자신이라는 것을 잘 알기에 크웰은 쓴웃음을 지은 것이었다.

카앙-!! 캉! 캉!!

매서운 검격(劍擊).

그런 그의 검을 유연하게 받아치는 자는 크웰이 이끄는 청기사단의 전(前) 부단장이자 맥거번가의 검술 교관인 폴헨드였다.

그는 크웰이 자신을 부른 이유를 알고 있었다.

비록 늙어 퇴임을 한 기사지만 그 나이만큼 연륜이란 게 그냥 쌓인 게 아니었다.

"쉽지 않을 겁니다."

단도직입적으로 말했다.

솔직히 이것도 최대한 돌려 말한 것이었다.

마음 같아서는…… '당장 돌려보내십시오'라고 하고 싶었다.

"자네가 보기에도 그런가."

"그렇습니다."

폴헨드는 자신도 모르게 속내를 말하고 말았다. 그의 대답에 크웰은 흥미롭다는 듯 눈을 떴다.

"벌써 하인들 사이에선 난리입니다. 마르트 도련님과 대련 결과 말입니다. 내일이면 마님께도 그 소식이 들리겠죠."

"그렇겠지."

"눈치가 없는 건지 아니면 당돌한 건지……."

무례함을 말하는 게 아니었다. 그 존재 자체가 위험했다.

크웰의 눈빛이 말하는 의미를 알고 있었지만 폴헨드는 모른 척 말을 이었다.

"마님께서 과연 가만히 계실지 걱정입니다. 아시지 않습니까. 첫째 도련님에 대한 마음이 각별하시다는 걸."

"그거 말고."

"……."

폴헨드는 다시 한번 되묻는 그의 말에 역시나 하는 표정으로 고개를 저으며 대답했다.

"내가 듣고 싶은 것."

"어리지만 타고난 골격부터 유연한 이민족 특유의 리듬까지……. 타고난 것인지 수련의 결과인지는 모르겠지만 확실히 검은눈 일족의 아이더군요."

"역시."

크웰은 고개를 끄덕였다.

"솔직히 놀랐습니다. 검을 위해 태어난 아이 같더군요. 이민족이 태생적으로 마력이 없다는 것에 감사해야 할지 모르겠습니다."

폴헨드는 말을 아껴야겠다고 생각했던 것과 달리 카릴에 대한 감상을 시작하자 자신도 모르게 흥분된 듯 말이 빨라졌다.

"그 아이가 제국인으로 태어나 마력까지 가졌었다면……."

"내 기록도 깨졌겠지."

"하하……."

제국 최연소 소드 마스터.

크웰을 어린 시절부터 봐왔던 폴헨드는 부정하지 않았다.

"다만……. 문제는 그 아이의 마음이지 않겠습니까. 안타깝지만 가주님과 검은눈의 족장 칼리악과의 관계를 그 아이가 알 리 없으니 말이죠."

"그래."

"아마 모두가 원수로 보일 겁니다. 그리고 안다 한들…… 그게 위로가 될까요."

자신의 손으로 목을 벤 이민족의 족장을 떠올리며 크웰은 나지막한 목소리로 말했다.

"같은 나라에서 태어났다면 훌륭한 동료가 되었겠지. 아까운 재능이었어."

“폐하께서 아신다면 노여움을 면치 못하실 겁니다. 이민족의 아이를 살리다니……. 명백한 불복종이지 않습니까.”

“당분간은 숨겨야지.”

“바늘은 언젠가 주머니를 뚫고 나오는 법입니다.”

캉-!! 카아앙--!!

“그런데 말일세.”

크웰은 나지막한 목소리로 말했다.

“그 아이가 마법을 공부하고 싶다고 하더군.”

“……네?”

어처구니없는 크웰의 말에 폴헨드는 지금껏 자신이 카릴에게 했던 칭찬을 물리고 싶은 느낌이었다.

“농담이시죠?”

[나르 디 마우그다.]

그것이 그와의 첫 만남이었다.

바닥에 검이 떨어져 있었고 주저앉아 있던 카릴을 향해 그가 손을 뻗었다.

최초의 드래곤.

신탁이 내려졌을 때, 카릴의 나이는 열다섯이었다.

드래곤이 눈앞에 있다는 놀라움보다 더 그를 경악하게 만든 것은 이미 두 사람이 만났던 적이 있다는 사실이었다.

딱 한 번, 나르 디 마우그는 맥거번가를 방문했었다.

하지만 그의 정체는 아무도 몰랐다. 심지어 검을 섞었던 크웰 맥거번조차 말이다.

[그냥 가벼운 호기심이었다. 네 아비를 비롯하여 대륙 3강이라 불리는 자들 중 과연 누가 가장 강할까. 정세니 뭐니 하는 말로 그치들이 직접 붙을 리는 없고……. 내가 직접 그들을 찾았었지.]

대륙 3강(强).

검과 마법 그리고 무투의 정점에 도달한 3명을 칭하는 영예로운 말.

그중 하나인 검의 극의에 도달한 자가 바로 크웰 맥거번이었다.

"그래서?"

[솔직히 실망스러웠다. 현존하는 다섯 명의 소드 마스터 중에서 가장 정점에 있다는 자였는데 말이야.]

카릴은 그의 신랄한 평가에 말했다.

"그 정도였나."

[나이가 아쉬웠지. 완벽해 보였지만 사실 그의 검은 완성되지 않았거든. 조금 더 젊었더라면 성취가 달라졌겠지만.]

"그럼 난 어떻지?"

카릴은 나르 디 마우그에게 물었다.

처음 만난 두 사람이 한 것은 다름 아닌 검을 섞는 일이었으니까.

[훌륭하다. 솔직히 말해서 인간이 이 정도까지 검을 쓸 수 있을 거라곤 생각하지 못했다. 나이를 생각하면……. 곧 네 아비를 뛰어넘겠지.]

용은 탐욕스러운 면모를 보이긴 하지만 절대로 거짓말을 하지 않는다.

[하지만 너 역시 나이가 아쉽군.]

"왜?"

[네가 조금만 더 어렸다면…… 아니, 어렸을 때 네 아비가 너를 내게 소개했었더라면. 네 아버지가 아닌 대륙 3강과 비교하는 것 자체가 우스웠을 텐데.]

나르 디 마우그는 살짝 어깨를 으쓱했다.

[하긴, 애초에 내가 정체를 숨기고 있었으니 바보 같은 욕심이로군.]

"어째서?"

나르 디 마우그는 말했다.

[마력(魔力).]

"……."

카릴은 그 말에 씁쓸한 표정을 지었다.

"놀리는 거라면 관둬. 나는 이민족이다. 가질 수 없는 것에 욕심을 부려봐야 소용없는 일. 마력이 있는 상대도 지금껏 내 힘으로 이겨왔다."

[그 말이 아니다.]

"그럼?"

[다른 곳도 아닌 네가 맥거번가(家)의 자식이라면……. 어쩌면 환골(換骨)의 기연을 얻을 수 있었을지도 모르거든.]

"……."

카릴은 눈을 떴다.

한바탕의 소란을 만들었기 때문일까. 그는 잠이 오지 않는 듯 침대에서 일어나 창밖을 바라봤다.

'내일이면 마르트의 패배가 어머니의 귀에도 들리겠지.'

아마 그녀는 무례한 이민족의 얼굴을 확인하기 위해서라도 자신을 부를 것이다.

계획대로였다.

그녀와의 만남이 카릴에겐 필요했으니까.

'첫 만남이 썩 유쾌하진 않겠어.'

아직 그녀를 보지 못했다. 그리고 앞으로도 그녀를 볼 수 있는 기회는 몇 번 되지 않을 것이다.

'아버지와 달리 어머니는 양자들을 달가워하지 않으셨으니까. 당연한 일이지. 자신이 낳은 자식의 자리를 넘보는 것 같을 테니.'

이사벨 에시르.

크웰 맥거번의 아내이자 동부에 위치한 약소 가문의 둘째 딸. 그런 가문의 여식이 맥거번가(家)와 인연을 맺은 건 놀라운 일이지만, 그녀의 가문은 한때 위용을 자랑할 만큼 대단했던 적도 있었다.

'지금 그녀에게 남은 것이라곤 저택의 낡은 서고뿐이지만.'

카릴은 커튼을 젖혀 저 멀리 보이는 작은 건물을 바라봤다.

오랫동안 사용하지 않고 방치되어 있는 그곳은 형제 중 그 누구도 발길을 주지 않는 곳이었기에 을씨년스러운 느낌까지 들었다.

'마력을 얻을 수 있는 유일한 방법.'

그 순간. 카릴은 나르 디 마우그가 했던 말을 떠올렸다.

그러고는 천천히 옅은 미소를 지었다.

환골(換骨).

새로운 몸을 얻는 것.

등잔 밑이 어둡다 했던가. 그 누가 알까.

'그 방법이 저곳에 있을 줄이야.'

"마법이라……. 그 아이가 그렇게 말했나요?"

"그렇소. 솔직히 놀랐지."

"그러네요. 마력혈도 없는 이민족의 아이가 마법을 공부하겠다니. 무슨 꿍꿍일까요."

크웰은 자신의 옷매무새를 돕는 이사벨의 말에 쓴웃음을 지었다.

하녀들이 해도 될 일을 그녀는 그가 저택에 돌아오는 날이면 이렇게 직접 했다.

부인으로서의 책무.

아니, 그건 그녀 나름의 존재성을 크웰에게 알리는 행위였다.

"부인, 너무 편견을 가지고 보지 말아주면 좋겠소. 고작 열두 살의 아이일 뿐이잖소."

"당신도 알지 않나요? 그 아이가 한 말이 얼마나 무례한 말인지. 그건 제국인을 무시하는 것과 다름없어요."

이사벨은 찝찝한 기분을 떨칠 수 없었다.

크웰이 대륙 각지에서 양자들을 데리고 왔을 때도 못마땅했지만 이해했다. 몰락한 귀족에서부터 상인의 아들, 수도원에 버려진 아이까지…….

모두의 과거는 달랐지만 한 명 한 명이 뛰어난 아이들이었다. 그렇기 때문에 이사벨은 이해했다.

자신의 아들, 마르트 맥거번을 보좌해 가문을 더 성장해 나가게 할 수 있을 거라 생각했으니까.

하지만 이번은 아니다.

이민족(異民族).

발목을 잡는 것도 모자라 가문에 피해를 줄 게 틀림없었다.

"이렇게까지 해야 할까요?"

"그 아이는 단순히 이민족의 아이가 아니오. 잊었소? 그 아이는 칼리악의 아들이잖소."

"……."

크웰은 그녀의 말을 잘랐다.

"당신과 내가 그에게 도움을 받았던 걸 잊은 건 아니겠지."

"그런 건 아니에요……. 다만……."

이단(異端).

이사벨은 그 단어가 자꾸만 걸렸다.

"저는 잘 모르겠어요."

"부인, 당신 말대로 이민족의 아이가 마법을 배울 수 있을 리 없지. 단지 옛 친우에 대한 예의로 그 아이가 원하는 걸 해주려고 하는 것뿐이니까."

"……."

하지만 그녀는 그가 '친우'라는 단어를 쓴 것조차 껄끄러웠다.

"걱정 마시오."

크웰은 평온한 얼굴로 이사벨의 어깨를 다독였다.

이제 곧, 일어날 파란에 대해서 예상하지 못한 채.

조용한 식사가 계속되었다.

이민족의 아이가 들어와 처음으로 모두가 함께하는 식사였다.

홀 안에는 다른 날보다 더욱 엄숙하고 조심스럽게 숟가락이 그릇에 가볍게 부딪히는 소리만이 들릴 뿐이다.

곧 그런 침묵이 깨졌다.

"누구에게 배우기라도 한 거니, 카릴. 식기를 다루는 것이 제법 훌륭하구나."

이사벨은 영롱한 녹색의 눈동자로 그를 살피듯 바라봤다.

"그냥…… 조금. 책에서."

카릴은 고개를 숙인 채 얼버무렸다.

숟가락을 거꾸로 들고 말하다 보니 아직 묻어 있던 스프가 그의 손등에 주르륵 떨어졌다.

그녀는 그 미숙한 모습에 웃으며 고개를 끄덕였다.

이 정도가 좋았다. 너무 완벽하면 오히려 그녀에게 미움을 받을 테니까.

'아직 얻고자 하는 것이 있으니.'

그전까지 굳이 그녀의 눈살을 찌푸리게 할 필요는 없었다.

"그런 것치고는 제법 틀이 잡혔구나. 백작께 들었다. 마법을 공부하고 싶다고?"

"……!!!"

"……!!!"

그녀의 말에 식탁에 앉아 있던 형제들이 놀란 눈으로 카릴을 바라봤다.

'뭐? 마법?'

'이민족이 마법을 배우는 게 가능해?'

'단단히 미쳤군…….'

'이건 또 무슨 꿍꿍이지.'

시선 속에는 분노와 의심이 가득했다.

하지만 카릴은 그것을 즐기듯 담담한 표정이었다.

"배우려는 게 아니라 알고 싶을 뿐입니다."

"왜 그런 생각을 했지?"

이사벨은 여전히 표정 하나 변하지 않고 물었다.

하지만 카릴은 그녀의 속내를 누구보다 잘 알고 있었다.

시험(試驗).

자신의 대답에 따라 처우가 달라질 수 있음을 직감했다. 하지만 이 질문의 대답을 그녀에게 맞출 필요는 없었다.

'결정을 내리는 것은 아버지.'

카릴은 원하는 답을 알고 있었다.

아이러니하게도 전생(前生)에서 그에게서 직접 들었으니까.

"기억하느냐. 처음 봤을 때의 넌 정말 길들여지지 않은 맹수 같았지."

"제가 말입니까?"

"그럼. 열다섯 살이 되기까지 너는 형제들과 매일 싸우지 않았더냐. 신탁이 나타나 전장으로 불려오지 않았더라면……. 여전했겠지."

"죄송합니다."

"아니, 아니다. 무례하고 거칠지만 그때의 너야말로 칼리악의 아들이라 할 수 있었다. 나는 네가 그 기개를 포기했다면 오히려 실망했겠지."

"……."

"그리고 이제 맥거번의 아들이기도 하다."

18살.

그가 처음으로 크웰을 뛰어넘었을 때의 일이었다.

카릴은 그때의 기억을 떠올렸다.

'아버지가 나를 인정했던 이유가 무엇인지 안다.'

그 말을 듣기까지 6년이 걸렸다.

이제, 그 시간을 앞당길 때였다.

카릴은 자신을 바라보는 형제들을 훑었다. 저들은 절대 할 수 없는 일. 능력의 여하가 아니다.

마음가짐의 문제.

그 누구도 무인(武人)으로서 크웰을 대하는 사람은 없었다. 그들에게 있어 아버지는 절대적인 존재였으니까.

카릴은 그것을.

"넘어서고 싶어서."

부자(父子) 관계가 아닌 무인으로서의 대답을 원한 것이다.

"무엇을?"

카릴은 천천히 입을 열었다.

"모두를."

"……!!!"

"……!!!"

카릴의 대답을 들은 그곳의 사람들이 경악에 찬 표정을 감추지 못했다.

"껄껄, 그 모두에 나도 포함된다는 얘기냐."

"……."

크웰의 물음에 카릴은 대답하지 않았지만 눈빛으로 이미 모든 것을 얘기하고 있었다.

"이 무례한!!"

참지 못하고 엘리엇이 카릴을 향해 소리쳤다.

이번만큼은 마르트도 티렌도 그의 행동을 저지하지 않았다.

"그러냐."

하지만 정작 그 말을 들은 당사자는 담담한 표정이었다.

"네가 마법을 공부하고자 하는 이유를 알겠다. 하지만 그렇다면 검(劍)은? 나는 기사다. 기사에게 마력이란 결국 검을 위함이라는 걸 알 텐데. 정말로 나를 뛰어넘으려면 답은 검이란 걸 너도 알겠지."

"……."

여전히 카릴은 아무런 대답도 하지 않았다.

대신, 마르트를 바라볼 뿐이었다.

그 행동이 무엇을 의미하는지 알기에 마르트의 얼굴이 붉어졌다.

"자신 있다는 거로군."

크웰은 의자에 등을 기대며 말했다.

"마법을 배워 마법을 파훼하고 검을 단련하여 나를 이기겠다. 검에 대한 자신감만큼은 칼리악의 아들답군."

그를 바라보는 크웰이 천천히 고개를 끄덕였다.

"그리고 그 당당함. 맥거번가(家)와도 어울린다."

"여보."

이사벨은 굳은 표정으로 그에게 말했다.

방금 그의 말은 나머지 다섯 아들에 대한 평가이기도 했으니까.

하지만 크웰은 손을 들어 올리며 알고 있다는 듯 고개를 끄덕이고는 말했다.

"카릴, 네 생각은 잘 알겠다. 하지만 어젯밤의 일과 함께 당장 너의 처우를 결정할 순 없다. 당분간 연무장의 출입을 금한다."

"……."

"하나."

모두의 시선이 집중되었다.

"원한다면 아인헤리에 출입 정도는 허락하마. 그곳에 마법서가 몇 권 있으니 보도록 하거라."

그 순간, 카릴의 눈빛이 빛났다.

아인헤리(Einheri). 250년 전 만들어진 저택의 낡은 서고(書庫).

어젯밤 봐왔던 그곳이다.

그러나 크웰의 말이 떨어지자 이사벨을 비롯하여 대부분의 사람은 크게 놀라지 않았다.

저택 뒤에 있는 창고는 오랜 세월 열린 적이 없었으니까. 아무도 관심을 두지 않았으니까.

'확실히 그곳에 몇 권의 마법서가 있긴 하지.'

'1, 2클래스의 마법을 공부해 봐야 시간 낭비일 뿐이겠지만.'

그들의 생각은 똑같았다.

무가의 표본이라고 할 수 있는 맥거번의 아이들은 너 나 할 것 없이 검을 익혔으니 마법에 대한 관심이 적을 수밖에 없었다.

"감사합니다."

'계획대로다. 뭐, 거짓말을 하진 않았다. 이 몸으론 정말 마법을 배울 수 없으니까. 그리고 마법을 파훼하는 방법을 찾겠다는 것도 틀린 말은 아니고.'

카릴은 크웰의 허락이 떨어지자 의미심장한 얼굴로 천천히 입꼬리를 올렸다.

대신.

'그곳에서 배울 수 있는 몸이 될 거다.'

"후우……."

이제 막 동이 트려는 이른 새벽.

밤을 새운 듯 꼿꼿하게 앉아 있는 카릴의 어깨 위로 아지랑이 같은 것이 피어올랐다.

이마에 맺힌 땀을 닦아내며 그는 낮은 숨을 토해냈다.

'쉽지 않군. 탑 안에서 할 때와는 전혀 달라. 하긴……. 그곳과 여긴 환경부터가 다르니까.'

그는 자리에서 일어섰다. 그러고는 천천히 몸을 움직였다.

마치 물이 흐르는 것처럼 힘이 들어가지 않고 매끄럽게 두 팔이 흔들렸다.

눈앞에 흐릿한 잔상이 보였다.

위에서 아래. 아래에서 다시 사선 위로.

날카로운 환영의 공격을 피하며 카릴이 뒤로 물러섰다.

'늦어.'

환영이 한 템포 빠르게 카릴의 가슴에 검을 찔렀다.

파앗-!!

그와 동시에 환영은 연기처럼 사라졌다.

"후우……."

카릴은 조금 전 동작을 잊지 않기 위한 듯 다시 움직였다.

그의 동작은 빠른 듯 보이면서도 느리고 느린 듯 보이면서도 빨랐다.

제국 그 어디에도 볼 수 없는 검형(劍形).

그는 스스로 만족스럽지 못한 듯 인상을 찡그렸다.

'얼마나 걸릴까. 다시 완성하려면.'

시간을 거슬러 오기 위해 올랐던 탑은 말 그대로 지옥과도 같았다.

횟수를 셀 수 없을 만큼 검을 휘둘렀을 때 카릴은 스스로도 더 이상 오를 수 없다고 생각했던 자신의 검이 더욱 정교해지고 날카로워짐을 느꼈다.

그의 동작은 더욱 날렵해졌으며 빛과 함께 시간의 틈을 뚫기 바로 직전 그는 또 다른 경지를 볼 수 있었다.

검성(劍聖). 그 이상의 극의(極意).

오직 5가지의 자세로 만들어진 단조롭지만 그 안에 무한한 변화가 깃들어 있는 것.

'그 감각을 다시 돌려야 한다.'

차라리 몰랐다면 상관없었을지 모르지만 그 경지에 도달해 보았던 그는 갈증이 나듯 목이 말랐다.

'하지만 조급해하지 마라.'

카릴은 그때의 감각을 잊지 않기 위해 계속해서 몸을 움직였다.

마치 탑을 오르듯. 머릿속으로 상대를 만들고 한 층, 한 층

다시 오르는 기분으로 그는 심연 속의 적과 싸웠다.

분명, 자신은 성장하고 있었다.

앞으로도 계속.

그의 기억 속에 있는 적들은 대륙 그 어디에도 찾을 수 없는 좋은 상대였으니까.

똑- 똑-

'일단은 여기까진가.'

카릴이 낮게 기침을 하자 방의 문이 열렸다.

"안녕히 주무셨습니까, 도련님."

"그래. 그런데 너는 그렇지 않은 것 같은데."

"아닙니다……."

풀이 죽은 루벤의 목소리에 카릴은 피식 웃고 말았다.

"옷 입으시는 것 도와드리겠습니다."

"됐어. 혼자서 할 수 있으니 다른 일을 보도록 해."

"그럼 여기서 기다리겠습니다."

루벤은 꾸벅 허리를 숙이고는 문 앞에서 두 팔을 모으고 섰다.

"……."

카릴은 벽에 걸어놓은 옷을 아무렇지 않게 걸쳤다.

본디 백작가의 아들이라면 매일 하인이 다려준 옷을 입어야 하건만 아침에 그를 찾아오는 사람은 루벤이 유일했다.

"……."

단추를 채우며 카릴은 말했다.

"그렇게 멍하니 있을 거면 차라리 나가봐."

카릴은 불안한 듯 눈치를 살피며 다리를 떠는 루벤을 향해 말했다.

"아닙니다. 여기 있을게요."

"거기에 서 있는 게 더 정신 사납거든?"

"그렇습니까?"

루벤은 '옳다구나' 하는 표정으로 고개를 숙이고는 조용히 문을 열었다.

"그럼……. 무슨 일이 있으면 부르세요. 당장 달려오겠습니다."

카릴은 그런 그의 모습에 피식 웃었다.

아침에 찾아오는 것만으로도 용기가 필요했을 것이다. 순식간에 다섯 형제를 적으로 돌렸으니까.

분명, 나름의 배려였을 거다.

'무슨 생각을 하는지 알지만 걱정 마라, 루벤. 네가 생각하는 일은 일어나지 않을 테니까.'

카릴은 생각했다.

'변방이지만 훌륭한 저택. 대부분의 사람이 이 집을 백작이신 아버지의 것이라고 생각하지만 실상은 다르다.'

카릴은 주위를 살폈다.

푸르게 자라난 나무 뒤에 있는 작은 서고를 앞에 둔 채 고개를 사선으로 돌리자 커튼으로 가려진 어머니의 방이 보였다.

'에시르 가문.'

약소 가문이라 치부되는 그녀의 가문에 대해서 관심을 가지는 사람은 없었다.

심지어 크웰의 자식들조차 맥거번가(家)에만 충실할 뿐 외가인 에시르가(家)에 대해서 그다지 궁금해하지도 않았다.

소드 마스터인 아버지의 휘광(輝光)에 비해 그녀의 가문은 제대로 된 인물조차 없었으니까.

250년 전. 단 한 명을 제외하고.

제국의 기틀을 다졌던 대마도사(大魔道士). 카이에 에시르.

'그때 수여 받은 것이 바로 이 저택이며 단순한 서고로 보이는 아인헤리는 사실 카이에 에시르의 지식이 집대성되어 있는 보고(寶庫).'

통탄할 일이다.

하지만 그건 유일한 에시르 가문의 혈육인 어머니조차 모르는 비밀이다. 아니, 대륙 그 누구도 모를 것이다.

250년 전에 살았던 카이에 에시르를 만나지 않았더라면 말이다.

단, 한 사람.

'250년 전에도 존재한 자가 있지.'

카릴은 가볍게 웃었다.

'나도 몰랐을 거다. 그를 만나지 못했더라면 말이야.'

바로, 드래곤인 나르 디 마우그.

▶Chapter 2◀

[환골(換骨)의 기연을 얻는 방법?]

"그래."

[흐음…… 그건 용의 심장을 먹는 것이다.]

"뭐? 네 심장을?"

[바보 같긴. 내가 미쳤다고 네 녀석에게 내 심장을 주겠냐. 그리고 아서라. 환골을 하려면 열다섯 이전에 해야 한다. 이미 나이를 먹은 네가 용 사냥을 해봐야 무의미하지.]

나르 디 마우그는 어처구니없다는 듯이 피식 웃었다.

"방법이 없는 건가."

[뭐…… 과거로 돌아가기라도 한다면 모르지. 이게 무슨 장난인지는 모르지만 네가 맥거번가(家)에 입양되었다고 했으니까.]

"환골과 그게 무슨 상관이지?"

[용의 심장을 구할 수 있는 유일한 곳이 바로 거기거든.]

카릴은 전생(前生)의 기억을 떠올렸다.

그의 입꼬리가 가볍게 올랐다.

드래곤인 그는 인간보다 더 많은 옛일을 기억하고 있었다. 그리고 그가 해준 이야기 중에 무척이나 흥미로운 한 가지가 있었다.

'그가 알려준 카이에 에시르의 이명(異名).'

바로, 최초의 용 사냥꾼.

카릴의 시선은 이미 한 곳을 바라보고 있었다.

더 이상의 설명은 필요 없다. 답은 나왔다.

'그는 아인헤리에 용의 심장을 숨겨두었다.'

그의 눈빛이 빛났다.

'내가 그걸 얻는다.'

"그 아이는?"

"대부분의 시간을 저택 뒤뜰에서 보내는 듯합니다. 폴헨드 경의 말로는 검술 훈련으로 보이진 않는다고 합니다만……."

"그래?"

저택의 집무실.

크웰은 조용히 시종장인 테일러를 불렀다.

"당장에라도 나를 찾아올 거라 생각했는데 의외로군."

일주일의 시간이 지났다.

크웰은 턱을 쓸며 나지막한 목소리로 말했다.

"더는 기다릴 수 없겠지."

"예. 이미 많이 늦으셨습니다. 기사단도 루틴 요새에서 대기하고 있다고 하더군요. 이 이상 미루셨다가는 황제께서도 노하실 겁니다."

"그렇겠지."

크웰은 테일러의 보고에 고개를 끄덕였다. 그러고는 결심한 듯 말했다.

"카릴을 데려오게."

늦은 저녁.

낮의 열기와는 달리 해가 지면 제법 공기가 차가웠다.

조용히 앉아 있던 카릴의 눈이 번뜩였다.

'좋아. 조금씩 틀이 잡히는군.'

저택에 오고 난 뒤 카릴의 일상은 단조로웠다.

여전히 형제들의 눈총을 받고는 있지만 그는 개의치 않고 자신이 할 일을 했다.

연무장의 출입은 금지당했지만 상관없었다.

그에게 폴헨드의 검술은 오히려 불필요한 것이기 때문이다.

'검의 정점은 나 스스로 깨우칠 수 있다.'

어차피 그의 기억 속에 모든 정수가 담겨 있다. 최고의 스승이 바로 자신이었다.

길을 안다는 것.

이번엔 더 빠르게 정점에 다다를 수 있을 것이다.

'필요한 것은 그 검술을 발휘할 수 있는 몸을 만드는 것.'

그리고, 용의 심장도.

'이 정도면 심장을 받아들일 기틀은 만들었다.'

오전 대부분을 체력을 키우는 데 투자했고 저녁이 되면 이렇게 가상의 적과 수 싸움을 벌인다.

'전생(前生)의 나를 생각하면 안 된다. 머리로 검술을 안다 한들 몸이 따라주지 않으면 펼칠 수 없으니까. 지금의 내가 이길 수 있는 적을 상정하고 하나씩 뛰어넘는 것.'

카릴의 수련은 직접 하는 대련보다 훨씬 고된 것이자 오직 그만이 할 수 있는 것이었다.

이미 저택에서 크웰을 제외하고 그와 검을 겨룰 수 있는 사람은 없었으니까.

그리고 오늘, 드디어 카릴은 만족스러운 표정을 지었다.

'이 정도면 시작할 수 있겠어. 이제 남은 문제는 하난데…….'

"도련님."

그때였다.

자신을 부르는 소리에 카릴이 고개를 돌렸다.

긴장이 역력한 얼굴로 나타난 루벤이 마른침을 꿀꺽 삼키며 말했다.

"가주님께서 부르십니다."

카릴은 기다렸다는 듯 고개를 끄덕였다.

'그것도 해결되겠군.'

똑똑-

"카릴입니다."

"들어오거라."

직무실에 흐르는 긴장감에 카릴은 작게 숨을 토해내며 발걸음을 옮겼다.

저택에 온 지 제법 시간이 지났지만 이렇게 크웰과 독대를 하는 것은 처음이었으니까. 전생(前生)에서도 이런 적은 손에 꼽혔으니 카릴에게도 낯선 느낌이었다.

"앉거라."

아버지는 창가에 서서 소파를 가리켰다.

"특이한 수련을 하고 있다고 들었다."

“그냥 몸을 만드는 일입니다. 일족에 전해지는 수련법입니다.”

물론, 거짓말이었지만 굳이 설명할 필요는 없었다.

그리고 진위를 떠나 크웰 역시 카릴의 훈련에 대해 크게 의미를 두지 않은 듯 보였다.

애초에 세상에 없는 훈련법.

설명해서 이해될 것도 아니었으며 궁금하다 한들 크웰조차 그게 무엇인지도 모를 것이다.

게다가 그의 관심은 다른 데 있었다.

“나는 내일 황궁으로 떠날 생각이다. 며칠간 황궁에 보고를 위해 다녀와야 하니 저택을 비울 것이다.”

‘드디어.’

카릴의 눈빛이 흔들렸다.

“너를 부른 이유는 이것 때문이다.”

크엘이 조용히 서랍에서 무언가를 꺼냈다. 작은 단검이었다. 투박하지만 날카로운 검날.

‘아그넬.’

카릴은 익숙하게 그 이름을 떠올렸다.

그건, 검은눈 일족의 족장.

카릴의 친부인 칼리악의 유품이었다.

“네 아비가 나에게 남긴 거다.”

“…….”

“놀라지 않는구나.”

카릴은 말없이 천천히 고개를 끄덕였다.

마치 그것조차 알고 있다는 모습에 크웰은 신기한 듯 카릴을 바라봤다.

"그런데 아직 서고(書庫)에 가지 않았더구나."

"네."

"궁금하지 않더냐. 그날의 너를 봤을 땐 당장에라도 갈 것 같았는데."

"아직 때가 아니라 생각했을 뿐입니다."

크웰은 카릴의 대답에 흥미롭다는 듯 고개를 끄덕였다.

"때를 기다린다라……. 신기하군. 너와 대화를 하고 있으니 네가 열두 살이라는 걸 잊게 되는구나."

그는 팔짱을 낀 채로 말했다.

'걱정 마십시오. 제가 서고에 들어가지 않은 이유는 정말로 때가 되지 않았기 때문이니까요.'

단검을 받아 들며 생각했다.

그가 기다린 때는.

바로, 지금.

'당신이 황궁에 가는 순간을 기다린 거니까.'

카릴의 눈빛이 빛났다.

아인헤리(Einheri).

250년 전. 대마법사 카이에 에시르가 자신의 모든 것을 집대성해서 만든 서고(書庫).

마법에 관련해 수많은 책이 보관되고 있었고 때로는 카이에 에시르가 직접 체계를 수정한 것들도 있었다.

오랜 시간이 지난 지금도 대마법사의 결계는 유지되고 있었다.

어째서 이런 대단한 곳을 황실이나 마법의 중심이라고 할 수 있는 상아탑에서 눈독을 들이지 않았을까.

이유는 간단하다.

그 누구도 아인헤리의 비밀을 알지 못하기 때문이다.

'대마법사 카이에 에시르는 이곳을 완성하고 하나의 마법을 걸었다고 했다.'

그리고 마법의 조건을 충족시키지 못하면 그곳은 그저 하급 마법서가 있는 스무 평 남짓한 평범한 지하 창고에 불과했다.

안타깝게도 그의 사후. 그 비밀을 푸는 사람은 없었다.

'삐뚤어진 그의 성격.'

그것 말고는 설명할 길이 없었다.

유일하게 기대를 할 수 있었던 에시르 가문조차 시간이 지날수록 그 힘을 잃고 지금은 비밀에 관심을 두는 사람조차 없었다.

오직, 한 사람을 제외하고.

'바로 나.'

카릴은 낮게 웃었다.

'마법의 조건이 말도 안 되는 것이거든.'

다음 날.

크웰이 떠난 뒤 카릴은 기다렸다는 듯 조용히 서고를 찾았다.

'제법 길었다. 저택에서 유일한 걸림돌이라면 아버지니까. 아버지가 계셨을 때 용의 심장을 먹었다면 단번에 내 변화를 알아차렸을 테지.'

아무리 카릴이라 하더라도 지금의 상태로는 그를 속일 수 없었다.

그게 자신이 크웰이 떠나기를 기다렸던 이유.

'뭐, 몸을 만들 시간도 필요했고.'

크그그그그…….

드디어, 문이 열렸다.

오랫동안 사용하지 않은 듯, 방치된 책들에서 나는 곰팡내가 코를 간질였다.

하지만 그 냄새조차 즐거운 듯 카릴은 나지막하게 웃었다.

떨렸다.

이 순간을 위해 억겁의 시간을 참지 않았던가.

하지만 그 시간보다 요 며칠을 참는 것이 카릴에겐 미칠 정도로 힘들었다.

이곳을 다시 나왔을 때.

'나는 달라질 것이다'

"미친놈."

"엘리엇, 넌 이제 귀족이다. 언행을 조심해."

"……."

둘째인 티렌의 질책에 그는 떨떠름한 표정으로 고개를 숙이며 말했다.

"하지만 형님도 보셨잖습니까. 그 녀석이 아버지께 어떻게 하는지. 그것도 모자라 아버지께서 황궁으로 가자마자 서고에 틀어박혔죠……."

무표정에 가까운 차가운 인상. 티렌은 가만히 엘리엇의 말을 들었다.

다른 형제들에 비해 무투(武鬪)의 재능은 떨어졌지만 대신 이들 중에 가장 명석하고 재기 발랄한 사람이었다.

그가 맥거번가(家)의 양자로 들어온 건 5년 전.

열두 살에 이미 군주론을 익혔으며 열세 살에 대륙의 존재하는 모든 전쟁술과 전쟁론을 익혔다 해도 과언이 아니었다.

불세출의 천재.

세간(世間)에선 그가 열 살만 되었어도 그의 가문이 멸문하지 않았을지 모른다는 소문도 있을 정도였다.

하지만 모두 과거의 일.

어렸을 적의 사건을 들춰봐야 아무 소용없었다.

"둘 다 그만."

마르트는 두 사람을 진정시켰다.

"형님, 이민족 주제에 마법이랍니다. 그게 가당키나 하는 말입니까?"

"티렌, 네 생각은?"

"마력이란 본래 자신의 육체와 육체 밖에 떠도는 기운을 응축시킨 것. 그걸 모으기 위해서는 필수적으로 몸 안에 마력혈이란 것이 있어야 가능합니다. 제국 사람들이라면 누구나 가지고 있지만……."

마르트의 물음에 티렌은 딱딱한 목소리로 말을 이었다.

"다들 아시다시피 이민족은 태어날 때부터 그 마력혈이란 게 없습니다. 그리고 그건 단순히 마법을 익히고 못 익히고의 문제가 아닙니다."

마법의 이해도.

"마력을 느끼지도 못한다면 백날 책을 읽어도 마법의 구조를 이해하는 게 불가능할 겁니다."

"그렇죠."

엘리엇은 티렌의 말에 고개를 끄덕였다.

모두가 알고 있는 이야기였다. 하지만 마르트는 일부러 형제들에게 다시 한번 이를 상기시키도록 했다.

'심지어 제국인이라 하더라도 마법을 모두 이해하는 것은 불가능하다.'

마법의 5대 속성.

화(火), 수(水), 풍(風), 토(土), 뇌(雷).

'태어날 때부터 하나의 속성을 가진다.'

각각의 속성엔 상성이 존재하며 그 때문에 다른 속성의 마법을 익히는 것은 불가능했으니까.

'그저 제국에 패배한 이민족 아이의 치기 어린 시기에 불과하다. 곧 포기하고 서고에서 나오겠지.'

모두가 그렇게 생각하고 있었다.

불세출의 천재조차, 아무리 머리를 굴려도 도무지 알 수 없는 일이다.

아니, 이건 대륙 모두가 가늠할 수 없는 일이었다.

"쿨럭, 쿨럭."

책장에 꽂혀 있는 책을 꺼내자 수북하게 쌓인 먼지가 피어올랐다.

카릴은 손을 흔들며 고개를 젖혔다.

"카이에 에시르가 이 모습을 보면 통탄하겠군."

관리가 되지 않고 방치해 놓은 낡은 서고는 한눈에 봐도 발길이 끊어진 지 오래라는 걸 알 수 있었다.

'아니지. 이렇게 방치되도록 일부러 마법을 걸었을 테니 어찌 보면 대단한 일인지도.'

카릴은 주위를 두리번거렸다.

『세상의 빛』

『정수마법학(精髓魔法學)의 연구』

『이민족의 주술론(呪術論)』

"……."

바닥에 쏟아진 책들을 바라봤다.

크지는 않지만 책장에 빼곡하게 있는 책들을 보며 카릴은 감탄을 금치 못했다.

오싹해지는 기분.

신탁(神託)과 관련된 저서들이었다. 모두가 카이에 에시르가 직접 집필한 것들이다.

'하급 마법서나 있는 서고? 지금 이 책들만으로도 이곳은 엄청난 가치를 가진다.'

물론 그것을 알기까지는 몇 년의 시간이 더 흐르고 난 뒤여야 하겠지만.

'지금은 허무맹랑한 소설로만 치부되겠지.'

좌르륵…….

카릴이 책을 집어 들어 페이지를 넘겼다.

익숙한 단어들이 보였다.

탁-

그의 손이 멈췄다.

책의 한 면을 가득 채우는 그림. 을씨년스러운 거대한 탑이 그 안에 새겨져 있었다.

"……."

카릴은 그 그림을 보며 입술을 다물었다.

마치, 250년 전에 살았던 그는 미래를 알고 있기라도 하는 듯 이 책들을 남겼다.

[카이에 에시르? 대단한 인간이지. 드래곤에게 대단하다고 인정받은 자는 그가 유일할 거다.]

"그 정도인가."

[인간이 말하는 대마법사의 기준이 뭔지 아나?]

"물론. 전신에 흐르는 특수한 열두 개의 혈맥 중에 여덟 개의 혈맥에서 마력을 마력혈로 응축시킬 수 있다면 대마법사로 칭할 수 있지."

체내의 마력을 축적할 수 있는 마력혈.

마력을 순환시키는 혈맥.

세상에는 3가지 부류가 있다.

'5개 이상의 혈맥을 마력혈에 보낼 수 있는 자.'

그들은 마법사의 칭호를 받으며 제국에서도 극소수에 불과하다.

'뚫을 수 있는 혈맥이 적어 자신의 신체나 검술을 강화시키는 데 마력을 사용하는 자.'

당연히 이들 대부분은 기사로 키워진다.

마지막으로, 자신과 같이 혈맥도 마력혈도 없는 이민족.

[카이에 에시르는 열두 개의 혈맥 중에 여덟 개를 넘어 아홉 개나 되는 혈맥을 뚫었다.]

"그렇군."

[마력혈이 없는 너는 그게 얼마나 대단한 건지 감이 오지 않겠지만 카이에 에시르보다 뛰어난 마법사는 아마 없었을 거다.]

"너와 비교한다면?"

그 순간, 나르 디 마우그는 피식 웃었다.

[드래곤과 인간을 비교한다? 말도 안 되는 소리지. 아무리 대단해도 인간은 결국 1개의 속성밖에 가지지 못하잖아.]

"여기다."

카릴은 눈을 빛냈다.

쌓여 있는 책들을 빼고 그 뒤의 책장 아래에 있는 작은 바퀴를 발견했다.

유심히 보지 않으면 절대로 찾을 수 없는 장치였다.

쿠그그그그…….

무거운 책장이 옆으로 밀리며 그 뒤에 숨겨진 녹이 슨 레버가 보였다. 카릴은 있는 힘껏 석벽의 틈에 숨겨진 레버를 돌렸다.

철컥-

잠금쇠가 풀리는 소리가 들렸다.

끌꺽.

카릴은 행여나 그 소리가 밖으로 새어나갈까, 긴장된 얼굴로 자신도 모르게 마른침을 삼켰다.

그 순간.

어쩐지 나르 디 마우그가 했던 마지막 말이 불현듯 그의 머릿속을 스쳐 지나갔다.

[애초에 드래곤인 우리와 인간은 속성 체계부터 완전히 다르다. 굳이 정의를 내리자면…… 흐음.]

그는 잠시 고민을 하듯 고개를 갸웃거렸다.

[무색(無色).]

잠시 후, 나르 디 마우그는 손가락을 튕기며 말했다.

[그래, 그게 좋겠지.]

그는 만족스러운 듯 고개를 끄덕였다.

속성이 없다는 뜻이 아니었다. 오히려 그 반대.
인간이 정립한 마법의 5대 속성. 그 굴레를 뛰어넘어.
[용의 심장 안엔 모든 속성이 담겨 있으니까.]

'찾았다.'
꽈악-!!
그 순간, 카릴은 석벽 안의 상자를 움켜쥐었다.
카이에 에시르.
그는 인류 최초이자 가장 강력한 마도사였다.

[하지만 괴짜라고 표현하기엔 정도가 심했지. 현 왕가와의 맹약만 없었다면 아마 제국은 그자 때문에 존재하지 못했을지도 몰라.]
"설마. 그가 개국공신이란 건 알지만 인간 한 명으로 제국의 존재 여부가 좌지우지될까."
[될 수 있다.]
"……."
카릴은 확고하게 말하는 나르디 마우그의 말에 입을 다물었다.
"어째서? 그 정도로 유능하기 때문에?"
[뭐, 반은 맞고 반은 틀리다.]
"무슨 말이지?"
[녀석은 제국인을 싫어했거든. 아니, 인간을 싫어했다고 해야

하나? 솔직히 무슨 생각을 하는지 모를 자였다. 그의 성격대로였다면 아마 제국의 반대편에 섰을지도 모르지.]

"왜?"

[그의 말을 빗대자면 그게 재밌을 테니까. 드래곤인 우리도 속내를 모를 인간이거든.]

쿠그그그……

석벽의 레버를 돌린 순간 작은 틈이 생겼다.

카릴은 그 안으로 손을 집어넣었다. 손가락 끝에 무언가 걸렸다.

철컥-

가벼운 마찰음과 함께 그의 손에 들려 나오는 작은 상자 하나. 별거 아닌 것처럼 보였지만 카릴의 얼굴엔 긴장이 가득했다.

아인헤리의 진실(眞實).

대마법사 카이에 에시르는 이곳을 완성하고 하나의 마법을 걸었다고 했다. 그리고 그건 아무도 풀지 못하는 비밀로 남아 있었다.

'당연하겠지.'

카이에 에시르가 이곳을 만들면서 걸었던 마법.

'절대로 풀 수 없는 조건으로.'

카릴은 쓴웃음을 지었다.

"나르 디 마우그의 말이 맞을지도 모르겠어."

그가 숨겨놓은 보고는, 마력이 없는 자만이 찾을 수 있다.

설령 비밀을 안다 하더라도 마력이 있는 제국인의 눈엔 숨겨진 레버 대신 평범한 석벽만이 보일 뿐이었다.

'다시 말해 이민족이 아니면 이걸 찾을 수 없다.'

하지만 과연 이민족이 그의 서고를 방문할 가능성이 얼마나 될까?

'인간을 싫어한다는 말이 맞을지도. 아무리 생각해도 이건 제국인에게도 이민족에게도 알려줄 생각이 없는 거잖아.'

참으로 괴상한 사람이 아닐 수 없었다.

무엇 때문에.

이토록 자신의 보고를 아무도 찾을 수 없게 꼭꼭 숨겨놓았을까.

나르 디 마우그가 말했던 카이에 에시르의 사연이 궁금해질 따름이었다.

"……."

그 순간, 카릴은 멈칫했다.

하지만 절대로 찾을 수 없게 해놓은 이 상자를 결국 자신이 발견하지 않았는가.

'설마…….'

불현듯 조금 전 봤던 카이에 에시르가 집필한 책들이 떠올랐다. 모두가 신탁(神託)을 예견하기라도 한 듯한 제목들이었다.

'게다가 그 책들은 정말로 몇 년 뒤 인류가 싸울 전쟁에 도

움이 되기도 했다.'

등골이 오싹한 기분이었다.

"……."

하지만 이내 곧 그는 고개를 저었다.

'아니겠지.'

단순히 가벼운 생각으로 치부하려는 것이 아니었다.

결론부터 말하자면, 지금 고민을 해봐야 답이 없었기 때문이다. 설령 그가 미래를 예언할 수 있는 사람이라 하더라도 어차피 존재하지 않는 과거의 인물이니까.

'하지만 당신이 남긴 건 내가 잘 쓰지.'

탈칵-

카릴은 상자의 잠금쇠를 돌렸다.

가벼운 소리와 함께 뚜껑을 열자 그 안에는 작은 쪽지 하나가 있었다.

[탐하는 자, 죽음이 두렵다면 포기하라.]

꽤 엄포를 내리는 말이었다.

하지만 틀린 말은 아니었다. 정말로 목숨을 걸고 해야 하는 일이었으니까.

화르륵……!!

쪽지를 꺼낸 순간, 번쩍이는 불꽃과 함께 타버렸다.

‘……정말 괴짜로군.’

놀란 얼굴로 나지막하게 한숨을 내쉬며 카릴은 손에 묻은 잿가루를 털어냈다.

상자의 쪽지가 사라지고 난 다음에 보이는 붉은색의 환(丸). 영롱한 빛이 순간 캄캄한 서고(書庫) 안을 환하게 채웠다가 사라졌다.

‘이거다.’

카릴은 그것을 조심스럽게 꺼냈다.

용의 심장(Dragon Heart).

쿠그그그-

그가 작은 환을 꺼내자 조금 전까지 벌어졌던 서고의 틈이 놀랍게도 말끔하게 사라졌다.

‘실물로 보는 건 처음이군.’

실제로 그는 온전한 아인헤리에 와본 것부터 처음이었다.

신탁(神託)으로 인해 황궁에 가 있던 그가 다시 돌아왔을 때 저택은 폐허만 남은 후였으니까.

‘정말 심장이 아니라서 다행이야.’

그랬더라면 생긴 것도 껄끄러웠겠지만 드래곤의 크기를 생각하면 자신의 키보다도 더 큰 걸 먹어야 했으니까.

카릴은 둥근 환을 입에 넣었다.

지금부터는 무슨 일이 일어날지 그조차도 알 수 없었다.

두근…… 두근…… 두근…….

심장이 빠르게 뛰었다.

결심한 듯, 카릴은 크게 숨을 들이마신 뒤에 있는 힘껏 용의 심장을 깨물었다.

와드득-!!!

순식간에 붉은색의 환이 산산조각이 나며 파편들이 그의 입안 가득 터지듯 퍼져 나갔다.

"……$#&)*%($!!!!!"

그 순간, 아찔한 통증과 함께 그의 시야가 검게 변했다.

어디선가 들려오는 소리.

하지만 그게 무엇인지 알 수 없었다.

무너지는 육체와 함께 카릴의 의식이 까마득한 낭떠러지로 떨어지듯 빠져들었다.

키이이이잉-!!

날카로운 이명.

귀를 갈기갈기 찢을 듯한 날카로운 소리에 카릴은 화들짝 눈을 떴다.

"……."

그가 고개를 돌렸다.

몸을 움직이자 바다 깊숙한 곳을 부유하는 것 같이 알 수 없는 이질감이 느껴졌다.

심연(深淵).

시간을 거슬러 오르던 때에도 느껴보지 못한 미증유의 세계였다.

"여긴……."

그가 헤엄치듯 어둠을 가로질렀다.

그 순간, 어디선가 느껴지는 싱그러운 풀 향기.

하지만 이내 곧 촉촉하고 상쾌했던 공기는 불타는 화염의 냄새로 뒤덮였다.

어느새 까맣기만 했던 어둠이 사라지고 하늘이 붉게 변했다. 지옥을 방불케 하듯, 카릴이 고개를 들자 상공에서 짙은 먹구름을 뚫고 거대한 운석들이 떨어지고 있었다.

폭음 속에서 천천히 걸어오는 한 남자.

붉은 로브가 흔들렸다.

카릴은 그의 얼굴을 처음 봤지만 마치 처음부터 그가 누군지 알고 있는 기분 같았다.

250년 전, 카이에 에시르였다.

남자는 지팡이의 끝으로 앞을 가리는 로브를 슬쩍 들어 올렸다.

그러고는 천천히 입꼬리를 올리며 말했다.

"드디어 만났군, 리세리아."

중후한 목소리였다.

카릴은 자신의 의지와는 상관없는 그 목소리에 깜짝 놀라며 소리쳤다. 하지만 그 말은 그저 머릿속에서만 울릴 뿐 소리가 되지 못했다.

[결국, 왔군.]

'이 목소리는……. 지금 내 몸이 아니라는 건가.'

설명하지 않아도 카릴은 어떤 상황인지 본능적으로 깨달았다.

'레드 드래곤, 리세리아.'

카릴은 그 순간 카이에 에시르가 자신을 바라보며 말했던 이름을 되뇌었다.

'심장에 남겨진 기억.'

이건, 염룡(炎龍)의 마지막 기억이었다.

"염지(炎指)."

그가 손가락을 튕기자 다섯 손가락에서 작은 불꽃이 일었다.

"점화(點火)."

다섯 개의 불꽃이 폭발하듯 커졌다.

주먹만 한 화염구가 카이에 에시르의 팔을 따라 빙글빙글 돌아가기 시작했다.

"열기(熱氣)."

그의 영창은 거기서 끝이 아니었다.

반대쪽 손바닥을 들어 가볍게 외치자 불에 달궈진 것처럼 시뻘겋게 변했다.

[레드 드래곤에게 화염 마법이라……. 오만이 하늘을 찌르

는구나, 카이에.]

리세리아는 거대한 발 위에 턱을 괴고는 마법을 시전하는 카이에를 물끄러미 바라봤다.

그의 시선을 느낀 듯 카이에는 어깨를 으쓱하며 말했다.

"어쩔 수 있나. 내 속성이 화염인 것을. 그렇다고 드래곤인 네가 내 불길이 두려워 상성의 마법을 쓰진 않겠지."

[가증스러운 놈, 네 녀석이 속성이란 말을 하다니.]

"그럼, 당연한 일이지. 인간인 내겐."

[네가?]

도무지 서로의 목숨을 걸고 싸움을 하는 사람처럼 보이지 않았다.

마치, 오래된 친우와의 대화 같았다.

우우우웅……!!

붉게 변한 손으로 날카로운 검을 쥐었다.

특이하게도 그는 마법사들이 흔히 쓰는 지팡이가 아닌 검을 쥐고 있었다.

그러자 끝에 달린 녹색의 원석이 그의 붉은 기운을 흡수한 듯 빛을 뿜어내기 시작했다.

"발화(發火)."

마침내, 그의 주위를 돌던 다섯 개의 화염구가 일제히 리세리아를 향해 쏘아졌다.

콰아아앙!!

그 순간, 안광을 빛내며 그를 바라보던 레드 드래곤이 거대한 앞발을 들어 자신을 향해 쏘아진 화염구를 짓밟았다.

폭음과 함께 두 개의 화염구가 그대로 터져 나갔다.

"화시(火矢)."

카이에는 아랑곳하지 않고 마법을 영창했다.

그가 뒤로 팔을 잡아당기자 남아 있는 둥근 화염구들이 마치 화살처럼 길게 변했다.

'이토록 빠른 영창이라니……. 주문도 없이 시동어만으로 즉각적으로 마법을 쓸 수 있는 마법사가 몇이나 될까.'

카릴은 그를 바라보며 놀라지 않을 수 없었다.

콰아아악-!!!

그의 불화살이 리세리아의 단단한 비늘을 뚫고 폭발했다.

놀랍게도 레드 드래곤인 그의 비늘이 불에 덴 듯 떨어져 나가고, 안쪽의 피부는 시커멓게 녹아 있었다.

[크르르르…….]

마법의 위력을 얕본 것일까.

리세리아는 카이에를 바라보고 울부짖듯 거대한 송곳니를 보이며 으르렁거렸다.

'저게 1클래스 마법이라고? 말도 안 돼!'

화염계 마법 중 가장 기본이라 할 수 있는 화구(火球)와 화시(火矢).

화염을 둥근 구체 모양으로 응축시켜 폭발력을 중시한 화구와 일점 폭발을 노린 화시는 약간의 차이는 있지만 위력은 기껏해야 일반 병사들이 쓰는 불화살과 큰 차이가 없었다.

하지만 위력에 비해 마력의 소모는 커서 잘 사용되지도 않았다.

마법을 할 수 없는 카릴이지만 누구보다 마법의 사용자들과 싸웠던 그였다. 평생을 걸쳐 봤던 그 어떤 화시(火矢)도 저런 위력을 낸 적이 없었다.

파아앙……!!

하지만 그 놀람을 느끼기도 전에, 드래곤의 눈에서 정통으로 검은 연기가 솟구쳤다.

[카악!! 카아아악……!!]

조금 전과는 달리 리세리아는 괴로운 듯 괴상한 비명을 내지르며 몸을 뒹굴었다.

"조금 더 위력을 올려볼까."

다시 한번 그의 손가락에서 불꽃이 일었다.

혈관이 팽창하듯 부풀어 오르며 그의 전신에서 마력이 들끓었다.

쾅-!!

쾅……!! 쾅……!!

콰가가가가강---!!

무차별적으로 쏟아지는 불화살.

처음의 일렁이는 화염을 머금은 붉은색이었던 화시(火矢)가

시간이 지날수록 점차 푸르게 변했다.

마치, 섬광(閃光)처럼 날아오는 마법은 정확하게 리세리아의 급소만을 노렸다.

놀랍게도 드래곤은 폭발이 이어질 때마다 거대한 몸이 휘청거리며 중심을 잡지 못했다.

'뭐지……? 고작 마법으로.'

드래곤의 항마력 따위는 무시한다는 듯 카이에 에시르의 마법은 시전하는 족족 리세리아를 꿰뚫었다.

[크아아아아……!!!]

리세리아의 브레스가 카이에 에시르를 향해 쏟아졌다. 지축을 뒤흔드는 강맹한 열기가 사방으로 흩어졌다.

카이에 에시르는 피할 생각도 없이 그것을 정통으로 맞았다.

아니, 막아냈다.

치이이이이…….

아니, 갈라졌다.

섬광이 번뜩이더니 염룡의 브레스가 양쪽으로 갈라지며 사그라졌다.

시커멓게 탄 로브를 벗으며 그는 아무렇지 않은 듯 리세리아를 바라봤다.

'저게 가능한 일인가…….'

카릴은 보고서도 믿을 수 없었다.

"클래스를 나누는 것 자체가 바보 같은 짓이지. 1클래스의 마법에 5클래스의 마력을 쏟아부으면 그게 더 이상 1클래스라고 할 수 있느냔 말이지.”

아니, 그건 불가능 한 일이다.

클래스를 나눈 것 자체가 마법에 응축시킬 수 있는 마력의 한계가 있기 때문이다.

마법의 절대량.

소모되는 그 양이 많기 때문에 클래스도 높아지는 것이다.

하지만…….

조금 전 그는 보았지 않은가.

만약 그가 리세리아의 몸에 동조되지 않았더라면 카이에가 쓰는 마법을 막기는커녕 제대로 파악할 수도 없었을 것이다.

카릴은 제국의 전쟁 속에서 많은 마법사와 싸웠었다. 하지만 그 누구도 저런 사람은 없었다.

‘…….’

그는 그 순간 자신도 모르게 카이에 에시르를 바라봤다.

‘한계가 있다고 생각한 우리가 틀린 건가.’

그렇게 들었을 뿐. 그리고 그렇게 믿을 뿐.

마법사들 중 누구라도 지금 이 말을 듣는다면 언성을 높이기에 충분했다.

하지만 카릴은 마법을 써본 적이 없었다.

그렇기 때문에 그만은 이런 의문을 가질 수 있었다.

만약, 카이에 에시르의 말이 옳다면.

'지금까지의 모든 마법 체계를 뒤엎는 사건.'

카릴은 자신도 모르게 마른침을 삼켰다.

[어째서 용 사냥을 하는 거지. 너와 우린 동류(同流)가 아니었던가.]

"동류? 설마……. 인간과 용이 어떻게 같겠어."

카이에 에시르는 그의 말에 피식 웃었다.

하지만 카릴은 그 대답이 리세리아의 마음을 고동치게 만들고 있음을 느꼈다.

[한 가지만 묻지. 혹여 나의 죽음이 너에게 새로운 전환을 주는가?]

"물론."

그는 고개를 끄덕였다.

"하지만 내 마법은 나의 대(代)에서 끝이다. 나의 정수는……."

콰아아앙-!!

카이에 에시르의 검에서 거대한 불꽃이 일었다.

하늘에서 떨어지는 운석이 불타기 시작했다.

"……에 있을 테니까."

폭음 때문에 카릴은 그의 말을 끝까지 들을 수 없었다. 하지만 본능적으로 느꼈다.

그것이, 염룡(炎龍)의 생전 마지막 순간이라는 것을.

파아아앗-!!!

시야가 검게 변했다.

"도련님, 도련님!!"

루벤의 목소리가 들렸다.

천천히 눈을 떴다.

"……."

곰팡이가 낀 아인헤리의 서고가 아니었다.

침대 위에서 깨어난 카릴은 어쩐지 자신의 몸이 낯설게 느껴졌다.

"괜찮으세요? 제가 누군지 아시겠어요? 아니다, 지금 당장 마님께 알리겠습니다!"

리세리아의 몸에 동조되어 있었기 때문일까.

아니, 변했다. 펼친 손바닥에 보이는 혈관들이 마치 살아 있는 것처럼 옅은 빛을 머금고 있었다.

"기다려."

카릴의 말에 문을 열고 달려가려던 루벤의 발걸음이 멈추었다.

소란스럽고 싶지 않았다. 조용히 지금 이 순간을 집중하고 싶었다.

몸 안에 느껴지는 힘.

평생 가지지 못했던 이질적인 이 기운을 카릴은 처음 느껴보지만, 본능적으로 무엇인지 알 수 있었다.

이 순간을 위해 얼마나 오랜 시간을 참아왔던가.

꽈악-

카릴의 손에 힘이 들어갔다.

그의 입가에 옅은 미소가 드리워졌다.

마력(魔力).

그 힘을 드디어 얻게 되었다.

“내가 얼마나 쓰러져 있었지?”

“어휴, 말도 마세요. 자그마치 일주일이나 정신을 잃으셨단 말이에요. 서고에서 제이크 도련님이 발견하지 않으셨으면 큰 일 날 뻔하셨어요.”

카릴의 물음에 루벤은 손사래를 치며 호들갑스럽게 말했다.

‘제이크? 하긴……. 지금쯤 서고에 관심을 가질 때긴 하지. 어쩌면 나 때문에 조금 더 빨라진 걸지도 모르겠군.’

맥거번가(家)의 다섯째.

그가 오기 전까진 형제 중 막내였으며 자신과는 한 살 터울의 소년이었다.

카릴은 저택에 온 뒤로 제대로 대화도 나눠보지 못했던 그의 얼굴을 떠올렸다.

‘유약한 사람이었지.’

맥거번가(家)의 아들이라고 하기에 그는 너무나도 연약했다.

둘째 티렌 역시 무투와는 거리가 멀었지만 그에겐 범접할 수 없는 날카로움이 있었다.

또한, 옹알이할 때부터 수도원에서 키워졌던 고아인 제이크는 자신과는 또 다른 의미로 저택에 어울리지 못했다.

"그에게 고맙다고 해야겠군."

카릴은 급하게 생각하지 않았다.

저택에 있다면 언젠가는 부딪칠 일이 있을 것이다.

'아니, 싫든 좋든 내가 그렇게 만들 거다. 그를 도울 일이 있으니.'

"그럼요. 제이크 도련님은 다른 도련님들과 다르니까요. 저희 같은 놈들에게도 잘해주시고."

'알지.'

"이번 일도 있고 그래서 다른 도련님들은 탐탁지 않아 하세요. 아, 제가 이런 말씀 드린 건 비밀이에요."

카릴은 루벤의 말에 피식 웃었다.

"걱정 마."

그는 생각했다.

'그나저나 일주일이라…….'

기억을 더듬던 그가 루벤에게 물었다.

"혹시 누가 오진 않았고?"

"별일이네. 어떻게 아셨어요? 그저께 황궁에서 사람이 왔다 갔었는데."

루벤은 카릴의 물음에 신기하다는 듯 입술을 씰룩이며 대답했다.

"그래?"

"네. 무슨 일인지는 모르겠지만요."

그의 대답에 카릴은 살짝 입술을 깨물었다.

'중요한 걸 놓쳤구나.'

안타깝지만 어쩔 수 없는 일이었다.

애초에 용의 심장을 얻는 것부터가 결과를 알 수 없는 일이었으니까.

"알겠다. 이만 가봐. 부인께는 내가 직접 뵈러 갈 테니 따로 알리지 않아도 좋다."

루벤은 걱정스러운 듯 물었다.

"정말 괜찮으시겠어요?"

"그래. 누가 물으면 내가 시켰다고 해."

자신이 깨어난 걸 알게 되면 다시금 형제들의 주목을 받게 될 것이다.

그전에 비록 짧은 시간밖에 남지 않았지만 확인해야 할 것들이 있었다.

바로, 자신의 몸에 대해서.

조용해진 방.

카릴은 욱신거리는 혈맥을 신기한 듯 하나하나 느끼기 시작했다.

다행이라면 다행일까.

루벤이 나가자마자 거울을 봤지만 특별히 외관상 변화는 없었다.

하지만 카릴은 알 수 있었다.

환골(換骨)은 성공했다.

배꼽 아래에서 확실하게 느껴지는 마력혈(魔力穴).

그곳에서 느껴지는 충만한 기운.

마력을 얻은 것이 이번이 처음이기 때문에 전생(前生)과 비교할 수는 없지만 검의 경지에 도달했던 카릴은 본능적으로 자신의 몸 안에 있는 마력의 양이 평범하지 않음을 알 수 있었다.

드래곤의 마력.

인간의 잣대로 나누는 것 자체가 우스운 일이었다.

두근- 두근- 두근-

그의 심장이 요동쳤다.

지금껏 도달하지 못했던 새로운 경지로 갈 수 있는 문턱에서 있는 설렘.

"후우……."

카릴은 천천히 숨을 내쉬었다.

그는 체내에 빠르게 순환하고 있는 이질적인 기운을 머리에서부터 어깨로 그리고 다시 손끝에서 단전으로 보내었다.

"큭……?!"

그 순간, 저릿저릿한 느낌과 함께 불에 덴 것 같은 격통이 일었다.

'어째서지?'

그곳에서부터 전신에 퍼져 있는 열두 개의 혈맥을 카릴은 확실하게 느낄 수 있었다.

게다가 마력으로 가득 찬 마력혈도 느껴진다.

'그런데…….'

두 개밖에 연결되지 않는다.

"크윽……!!"

다시 한번 그가 신음을 내뱉었다.

마력혈의 마력을 두 팔의 혈맥을 제외하고는 나머지 열 개의 혈맥으로 보내려고 하자 참을 수 없는 통증이 밀려왔다.

당황스러운 표정으로 그는 자신의 두 팔을 들어봤다.

'설마…….'

그가 놓친 것이 있었다.

카릴은 평범하게 태어날 때부터 마력을 가진 자들과는 다르다.

보통 마법이란, 몸 안의 마력을 혈맥을 통해 마력혈에 축적시킨다. 하지만 카릴은 용의 심장으로 인해 혈맥으로 쌓을 수 있는 마력의 몇 배를 마력혈에 머금고 있었다.

극심한 통증은 아직 그의 육체가 아직 용의 심장을 제대로 받아들이지 못했기 때문이었다.

'아직 열 개의 혈맥을 더 뚫어야 한다는 말인가. 갈 길이 멀군.'

혈맥이 감당할 수 없는 마력.

카릴이란 존재 자체가 현존하는 마력 체계를 완전히 무시하는 것과 같았다.

"……."

그는 고개를 돌렸다. 탁자 위에 놓인 작은 단검이 보였다.

'몸 안의 혈맥이 감당할 수 없는 마력을 제어하기 위해서는…….'

그 마력을 감당할 수 있는 무구(武具)를 쓰는 것.

제국인이라면 누구나 사용할 수 있는 1클래스 마법조차 알지 못하는 카릴에게 있어 지금 그가 마력을 사용할 수 있는 방법은 하나뿐이었다.

전생(前生)에 그가 가장 잘했던 것.

그리고, 지금 역시 가장 잘할 수 있는 것.

단연, 검(劍)이었다.

스르르릉-

가벼운 소리와 함께 뽑힌 아그넬의 날에는 복잡한 문자가 새겨져 있었다.

그도 읽을 수 없는 부족의 고대어였다.

단지 그가 아는 것이라고는 '아그넬'이라는 이름도 고대어의 하나라는 것 정도였다.

익숙한 자세로 그가 검을 쥐었다.

우우웅……!

카릴은 천천히 마력혈에서 마력을 끌어올렸다. 그의 팔을 타고 마력이 단검에 스며들기 시작했다.

'할 수 있다.'

카릴은 떨리는 눈으로 단검을 바라봤다.

"크…… 크윽?!"

그때였다.

파즈즈즈즈즈즉……!!!

아직 마력 제어가 불안전한 그였다.

날을 감싸듯 천천히 단검에 스며들던 마력이 체내에서 폭발적으로 솟구쳐 오르며 단검의 날에 희뿌연 검기가 마치 롱 소드만큼 길게 생성되었다.

강렬한 충격에 튕겨 놓칠 뻔한 검을 카릴이 있는 힘껏 움켜쥐었다.

'이건…….'

하지만 그를 놀라게 한 것은 다른 것이었다.

카릴은 자신이 만들어낸 은은한 빛을 뿜어내는 검날을 바라봤다.

수많은 전장을 겪었던 그였지만 이런 건 처음이었다. 제국인이 쓰는 마나 블레이드가 아니었다.

화(火), 수(水), 풍(風), 토(土), 뇌(雷).

그 어디에도 속하지 않는, 무색(無色).

제국인들이 쓰는 단순한 마나 블레이드(Mana Blade)가 아니었다.

카릴은 나르 디 마우그가 했던 말이 떠올랐다.

'드래곤의 마력.'

검날에서 느껴지는 예기(銳氣).

그 어떤 속성 어디에도 속하지 않는 순수한 마력 그 자체였다.

'……이걸 뭐라고 해야 하지?'

카릴은 검날에 시선을 떼지 못했다.

속성을 가지지 않는 마력검(魔力劍).

공기마저 갈라 버릴 것 같은 검날은 바라보는 것만으로도 소름이 돋았다.

대륙 역사상 최초이자, 유일무이한.

오러 블레이드(Aura Blade)였다.

"후우……."

동이 트지도 않은 새벽에 저택의 뒤에 있는 말튼 숲이 소란스러웠다.

'흐음, 더 깊이 들어가는 건 무린데.'

카릴은 이마에 맺힌 땀을 닦아내며 아쉬운 듯 입맛을 다셨다.

'이제 조금은 익숙해지기 시작했어.'

그의 손에 쥐어진 아그넬에서 곧게 뻗은 오러 블레이드가 빛을 발하고 있었다.

그 후로, 보름이 지났다.

처음과 달리 카릴의 오러는 완벽한 검날의 형태를 유지하고 있었다.

'카이에 에시르의 말대로 얼마만큼의 마력을 주입하느냐에 따라 오러의 예기(銳氣) 역시 달라진다.'

그의 주변에는 성한 나무가 없었다.

단순히 돌덩이로 보이는 잔해들도 처음에는 커다란 바위였다는 걸 아는 사람은 카릴뿐일 것이다.

'마력은 충분해. 역시나 문제는 내 몸이겠지.'

키릴은 닥치는 대로 마력 운용법에 관련된 책을 독파해 갔다.

하지만 애초에 알려진 혈맥을 뚫는 방법과는 정반대 상태인 그였기에 기존의 방법으로는 막힌 혈맥을 뚫을 수 없었다.

'지금 할 수 있는 건 육체를 단련시키는 것. 전생(前生)의 기억 덕분에 검술의 성취는 훨씬 더 빠르다.'

후웅-

카릴이 자세를 잡았다.

촤자자작---!!!

서걱--!!

바람결에 날리는 나뭇잎들이 마치 공중에서 튕기듯 몇 번 회전하더니 수십 조각으로 갈라졌다.

"……."

만약, 맥거번가(家)의 누구라도 이것을 봤다면 놀라지 않을 수 없을 것이다.

조금 전 그가 펼친 검술은 다름 아닌 오직 크웰만이 사용하는 독문 검술이었기 때문이다. 아니, 어쩌면 반대로 그 누구도 알아차리지 못할지도 모른다.

'형제 중에 누구도 이걸 전수받은 사람은 없었으니까.'

크웰 검술의 마지막 계승자(繼承者).

"어쩔 수 없는 선택이었을지도 모르지. 아버지께서 내게 전수해 주셨을 땐 이미 형제들이 모두 전사(戰死)한 뒤였으니까.'

카릴은 씁쓸한 표정을 지었다.

'물론, 나르 디 마우그의 말처럼 이 검은 완벽한 것이 아니다.'

억겁에 가까운 시간 동안 검을 익혔던 카릴이다.

그의 머릿속에 존재하는 검술은 이미 크웰의 검술보다 더 정교하고 완벽했다.

"……."

그렇지만 카릴은 가장 먼저 크웰의 검술을 익히고 있었다.

'성은(聖銀)의 엘란, 창귀(槍鬼) 파이만, 군도왕(群島王) 마그토……'

후에 두각을 나타낼 인재들.

'신탁(神託)전쟁에서 필요한 그들의 공통점은 바로 아버지의 검술을 바탕으로 훈련을 했다는 거지.'

그들을 더욱 빠르게 성장시키기 위해서.

카릴은 크웰의 검을 선택했다.

물론, 검술의 완성도에 있어서는 그의 것이 크웰보다 뛰어나다는 것은 말하지 않아도 충분하다.

하지만 아이러니하게도 너무 뛰어나기 때문에 다른 사람은 익힐 수 없었다.

지금의 카릴 역시 자신의 검술을 익히는 데 무리가 있었다. 그렇기 때문에 그 역시 후세의 인재들처럼 크웰의 검을 선택했으나 그는 곧이곧대로 크웰의 검술을 익히는 것이 아니었다.

'검을 베었던 시간이 다르다.'

그만큼 이해할 수 있는 폭도 다를 수밖에 없었다.

카릴은 대륙제일검이라 불리는 크웰 맥거번의 검술에서 정수만을 익히고 있었다.

'물론 지금 내 몸에도 딱 맞고.'

카릴의 몸은 아직 12살에 불과했다.

근육의 움직임부터 관절의 부드러움까지.

크웰의 검술은 스스로뿐만 아니라 남을 성장시키는 교육에도 훌륭한 검이었다.

과유불급(過猶不及).

그의 몸은 분명 하나하나 단계를 밟아 성장하고 있었다.

'하지만 그대로 쓸 순 없지.'

콰가가가강---!!

콰가강---!!

조금 전과 똑같이 검을 휘두르는 것 같지만 검날에 닿은 나뭇잎들은 이번엔 잘려 나간 것이 아니라 터지듯 폭발했다.

'부족한 것은 보완하고 군더더기는 깨끗하게 잘라낸다.'

지금 카릴이 익히고 있는 검술은 크웰의 검술을 기반으로 하지만 분명 달랐다.

그는 전생(前生)에서 마력이 없음에도 불구하고 소드 마스터들과 호각을 넘어 그들의 정점에 오른 사람이었으니까.

대륙에서 검으로 그에게 대적할 수 있는 사람은 아무도 없었을 것이다.

검을 논하는 자리가 있다며 모든 이가 그를 최고로 칭했다.

그렇기에 그들은 카릴을 이렇게 불렀다.

검성(劍聖).

하지만 최고의 위치에 올랐기 때문에 특별히 그에게 내린 명예로운 호칭이 아니었다.

소드 마스터(Sword Master).

마법사의 기준이라 할 수 있는 4클래스 이상의 마력을 마나 블레이드에 쏟아낼 수 있으면서 동시에 검술에 극의에 도달한 자를 가리킨다.

'마법사급의 마력과 월등한 신체 능력.'

결코 쉬운 일이 아니다.

그렇기 때문에 오직 대륙에 다섯뿐이기도 하다.

'나는 마나 블레이드를 쓰지 못했다.'

그는 순수한 검술로 마력을 쓰는 소드 마스터들을 뛰어넘은 것이다.

쓸데없는 제국인들의 마지막 자존심이었을까.

그들은 카릴의 실력을 인정하면서도 끝끝내 검성이라는 칭호로서 그와 소드 마스터를 분리해서 불렀었다.

"과연 이번엔 나를 어떻게 부를지 궁금하군."

카릴은 검을 들어 올렸다.

날카로운 예기를 뿜어내는 오러 블레이드를 바라보며 그는 나지막하게 웃었다.

"큭……!?"

그때였다.

그의 심장을 움켜쥐는 듯한 고통이 찾아왔다.

마력혈의 마력이 가득 차 오히려 막힌 혈맥을 강제로 뚫으려는 듯 역류하는 느낌.

"후우……."

카릴은 간신히 진정시키며 낮은 한숨을 내쉬었다.

'단 하나.'

혈맥을 안정시킬 수 있는 방법만 찾는다면…….

넘치는 마력을 검을 통해 쏟아내는 것은 가능했지만 두 개뿐인 혈맥에서 마력을 회전시키는 것은 불가능했다.

즉, 카릴은 오러 블레이드를 쓸 수 있지만 다른 마력은 사용할 수 없는 처지였다.

'반쪽짜리.'

카릴은 스스로 그렇게 인정했다.

가야 할 길이 멀었다.

'아인헤리를 아무리 뒤져도 특별하게 눈에 띄는 것은 없는데…….'

남들에게는 평범한 하급 마법서가 있는 곳이었지만 카릴에게 있어서 그곳은 대마도사 카이에 에시르의 보고(寶庫).

'그런 자가 정말 용의 심장 하나만 뒀을까…….'

안타깝게도 전생(前生)에서 나르 디 마우그에게도 그 이상은 듣지 못했었다.

카릴은 아쉬운 마음에 입맛을 다셨다.

'뭐, 목적은 달성했으니까.'

그는 천천히 고개를 들어 저택을 바라봤다.

'내가 쓰러졌을 때니까……. 이제 황궁의 사람이 다녀간 지 제법 되었다. 슬슬 소식이 올 때가 되었겠는데.'

그때였다.

저 멀리서 숲의 끝자락에서 루벤이 달려오는 것이 보였다.

무언가 소리치고 있었지만 멀어서 들리지 않았다.

'드디어…….'

하지만 카릴은 그가 소리치고 있는 말이 무엇인지 알고 있다는 듯 담담한 얼굴로 걸음을 옮겼다.

“모두 모였습니다, 어머니.”

마르트 맥거번이 가볍게 고개를 숙이며 말했다.

시선이 따가웠다.

‘왜 저 녀석까지…….’

‘그동안 코빼기도 보이지 않더니.’

카릴은 그들의 생각을 짐작할 수 있는지 가볍게 웃었다.

“그래.”

이사벨은 천천히 고개를 끄덕였다.

그녀의 옆에 있던 시종장 테일러가 조심스럽게 무언가를 건넸다.

붉은 인장이 찍힌 양피지.

그녀는 익숙하게 그것을 펼쳤다.

토벌로 인해 1년 중 대부분의 날을 비우는 크웰 대신 이사벨이 가주의 일을 대신하고 있었다.

“너희들도 알다시피 이제 곧 추수해야 할 때가 온다. 지금까지 그래 왔듯 이번 가을을 대비해서 황실에서 고블린 소탕을 명하셨다.”

황실에서는 특별한 경우가 아닌 이상 분기마다 맥거번가(家)에 전서를 내린다.

정기적으로 내려오는 황제의 인장이 찍힌 전서는 이미 수년 동안 가문에서 수행해 온 일이었기에 그들에겐 자연스러운 일이었다.

"별다른 사항은 없다. 하나."

예상했던 일인지라 아이들은 그녀의 말에 고개를 끄덕였다.

"이단섬멸령으로 인해 사병을 쓰는 맥거번가(家)의 노고를 칭하는바, 황실에서 지원병을 보내준다고 쓰여 있구나."

"지원병이요?"

둘째인 티렌이 고개를 갸웃거리며 물었다.

고블린은 논밭을 엉망으로 만들고 이따금 마을을 침입했지만 사냥하는 데에 있어선 그다지 위협적인 몬스터는 아니었기 때문이다.

"지원병이 있다면 훨씬 더 수월하겠군요."

"그게 더 이상한 거 아닙니까? 이민족 토벌에 병력이 부족하다고 사병까지 불렀으면서."

엘리엇은 슬쩍 카릴을 바라봤다.

"형님, 안 그렇습니까? 이런 일보다는 그쪽에 더 병력을 투자해야 할 거 같은데."

"지원병은 어디서 오는 거라고 합니까, 어머님."

"발사르가(家)라고 하는구나."

그 순간, 티렌의 인상이 살짝 찡그려졌다.

'왔구나.'

하지만 그와는 달리 카릴은 기다렸다는 듯 눈빛을 빛냈다.

'내가 정신을 잃은 일주일 동안에 왔던 황실의 사신. 아마도 이 일을 알리기 위함이었겠지.'

그는 천천히 고개를 돌렸다.

'엘리엇도 이상하게 생각하는 일을 티렌이 가만히 넘길 리 없겠고.'

"흐음……."

확실히 그의 예상대로 티렌은 뭔가 찝찝한 기분을 감추지 못하는 얼굴이었다.

"어렵게 생각하지 말거라. 매년 해왔던 일이니."

"……알겠습니다."

그런 그를 바라보며 카릴은 생각했다.

지금껏 단 한 번도 고블린 소탕하는 데에 지원병을 보낸 적이 없는 황실이었다.

'그리고 앞으로도 없을 것이다.'

크웰의 부재(不在).

자신을 제외한 형제들이 참가했던 첫 전투.

카릴은 참혹했던 그 날을 떠올렸다.

'단순한 소탕으로 끝날 일이 아니다.'

순간, 그의 얼굴이 딱딱하게 굳었다.

그들을 기다리는 습격(襲擊). 그리고 형제의 죽음.

그건, 몬스터가 아닌 인간에 의한 것이니까.

수많은 전투를 치렀음에도 불구하고 카릴의 기억에 가장 선명하게 남아 있는 다섯 전투가 있다.

첫 번째는 크웰을 만났던 날.

멸족(滅族).

태어나서 최초의 살인을 본 날이자 자신의 일족이 사라진 그 날은 절대로 잊을 수 없었다.

그리고 두 번째.

'닷새 뒤에 벌어질 전투.'

카릴은 복도를 지나며 생각했다.

말튼 숲을 지나 나타나는 가도가 좁아지는 숲길. 퇴로마저 차단된 상황.

'매년 맥거번가(家)의 몬스터 토벌을 알고 노린 매복이었지.'

카릴의 눈이 번뜩였다.

'중요한 건 습격을 막는 게 문제가 아니다.'

전생(前生)과 달리 지금의 자신이라면 충분히 습격을 막을 수 있다.

'문제는 그 뒤에 있는 흑막(黑幕). 그것을 밝혀내지 못한다면 소용없는 일. 전생(前生)에서도 끝내 그걸 찾지 못했었다.'

카릴은 앞을 걸어가는 티렌의 뒷모습을 바라봤다.

'이번에야말로.'

자신의 생각대로 그가 행동할지 카릴은 그를 주목했다.

"이상하지 않습니까?"

"뭐가?"

어머니를 만나고 나온 뒤부터 티렌의 표정이 좋지 않았다.

"어째서 지금 같은 시기에 황실에서 지원병을 보내는 걸까요."

"그거야 뭐, 전서에 쓰여 있지 않았습니까. 이단섬멸령 때문에 차출해 간 저희 사병을 대신해서 보내는 거라고."

"그렇다면 처음부터 그 병사들을 썼으면 됐을 일. 게다가 형님도 들으셨죠? 지원병으로 오는 병사들이 어디 소속인지."

엘리엇의 말에 티렌이 마르트를 바라봤다.

"그래, 발사르가(家)의 병사들이라고 했지."

그의 말에 마르트가 고개를 끄덕였다.

발사르가(家).

국경 요새 중 하나인 카론 요새를 거점으로 삼아 근래 세력을 키우고 있는 남작가였다.

"하나같이 거친 녀석들이죠. 기사단이라기보다 용병이라고 하는 게 더 어울릴 겁니다. 게다가 걸리는 건 발사르가(家)가 제1황자의 세력이라는 거겠죠."

현 황제 타이란 슈테안에겐 3명의 아들이 있었다.

제1황자 루온.

제2황자 올리번.

제3황자 크로멘.

무슨 연유인지 황제는 아직도 자신의 후계자를 정하지 않았다.

하지만 하늘 아래 황제는 단 한 명이기에.

심약한 3황자를 제외하고 자연스럽게 제1황자와 제2황자를 지지하는 세력으로 갈리게 되었다.

지금까지는 제1황자의 정통성을 주장하는 왕당파의 세력이 강세였었다.

'문제는 맥거번가(家)였지.'

지금까지 변방에서 황명(皇命)만을 수행하던 청기사단의 단장이 무슨 연유에서인지 갑작스럽게 제2황자 올리번을 추대했기 때문이다.

'아버지께서 자리를 비운 지금.'

확실히 발사르가(家)의 지원은 어색한 일이 아닐 수 없었다.

"설마……."

"모르죠. 저희를 싫어하는 사람이야 황궁에 많지 않습니까."

"……."

침묵이 흘렀다.

"형님, 설마 발사르가(家)에서 뭔가 수작을 부리려는 걸지도 모른단 말입니까?"

하지만 마르트는 티렌의 말에 고개를 저었다.

"과한 생각이다. 아무리 황권 다툼이 있다고 하더라도 이런 상황에 국경의 수비 병력까지 빼서 그런 짓을 할 리가 없어."

"굳이 국경의 수비 병력까지 빼서 저희를 지원하는 짓도 할 리가 없죠."

하지만 마르트의 생각은 여전했다.

"티렌, 네 말이 틀린 건 아니지만 황궁에서 아버지께서 이끄는 기사단이 토벌을 위해 북부로 다시 올 것이다. 제정신이 아니고선 기사단과 맞붙을 수 있는 상황에서 그런 짓을 하진 않겠지."

"으음."

납득이 가는 추측이었다.

"게다가 황실에서 내린 칙서다. 더 이상 불경스러운 얘기를 한다면 너라도 그냥 넘어갈 순 없다."

"……죄송합니다."

그러나 마르트의 말에도 불구하고 티렌은 여전히 찝찝한 기분을 떨쳐낼 수 없었다.

'그래. 계속 의심해라. 그 의심이 널 책사로서 위로 향하게 해줄 테니.'

카릴은 티렌을 바라보며 생각했다.

그는 뛰어난 책략가다. 이미 저택에 오는 시점에서부터 두각을 나타내었다.

'하지만 아직 완성되지 않았다.'

황실(皇室).

그 단어가 가지는 무게는 상상을 초월하는 것이었으니까.

명석하지만 아직은 어린 나이.

아무리 의심이 간다 하더라도 직접적으로 표출할 순 없었다.

'그 무게를 뛰어넘기엔 용기가 부족할 수밖에.'

카릴은 입맛이 썼다.

'어리기에 어쩔 수 없는 일이었지만 세월이 지나 그 한 발자국을 더 나갈 용기가 부족했다며 너는 평생 오늘의 일을 후회했지.'

하지만 티렌은 지금의 자신이 할 수 있는 최선의 방비를 할 것이다.

그리고 그것이 카릴이 기다리는 것이기도 했다.

"이번 토벌에 저도 나가겠습니다."

"뭐? 네가?"

"네. 지원병도 있고 이런 일을 형님께서 직접 하실 필욘 없을 것 같습니다. 란돌을 붙여주십시오. 제가 대신 다녀오겠습니다."

티렌의 말에 모두가 의외라는 생각을 했다. 심지어 카릴조차.

고블린 토벌은 대부분 첫째인 마르트나 셋째인 엘리엇이 주로 맡아왔었기 때문이다.

"흐음, 란돌이야 그렇다 해도 너는 정말 괜찮겠나? 고블린이 쉽다고는 하지만 그래도 몬스터다. 가벼이 보면 안 돼."

"그럼 저도 가겠습니다."

엘리엇이 말했다. 하지만 티렌은 고개를 저으며 대답했다.

"아니, 굳이 그러시다면 카릴을 데려가겠습니다. 제 호위로 붙여주시죠."

"……!!"

"……!!"

란돌을 제안한 것보다 더 생각지 못한 말.

모두가 그의 말에 카릴을 바라봤다.

'제법이야.'

이상한 조합이라고 생각할 수도 있겠지만 카릴은 티렌의 말에 가볍게 입꼬리를 올렸다.

티렌은 자신이 구상할 수 있는 최적의 멤버를 뽑은 것이다.

여전히 의심이 되는 상황에서 직계인 마르트를 보낼 순 없다.

만약에라도 문제가 생겼을 때 버릴 수 있는 사람을 보내는 것.

티렌은 그 카드로 여섯 형제 중에 란돌과 카릴을 뽑은 것이다. 믿을 만한 실력의 란돌과 여섯 중에 가장 목숨의 무게가 가벼운 카릴을.

원래대로라면 넷째인 란돌과 함께 자신이 아닌 엘리엇이 갔을 것이다.

'그때의 나는 제국인들에 대한 적의로 가득했으니까. 신탁(神託)이 내려지기 전까지 방 안에 틀어박혀 있었을 뿐이지.'

꽈악-

카릴은 자신도 모르게 주먹을 쥐었다.

맥거번가(家)의 넷째, 란돌.

과묵한 성격인 그는 대부분의 시간을 홀로 검술 훈련을 하며 보냈다.

'표면적으로는 첫째인 마르트가 가문에서 가장 뛰어나다고 알려졌지만, 재능으로만 본다면 그가 압도적이다.'

물론, 전생에는 알지 못했다. 오랜 세월 검을 잡은 지금의 그였기에 느낄 수 있는 것이었으니까.

정확히 말한다면 알아차릴 순간도 없었다.

안타깝게도 그 재능을 제대로 꽃피우기도 전 그의 생이 끝났기 때문이다.

'바로 지금.'

그의 죽음 때문에 이 사건이 카릴에게 있어 잊지 못하는 두 번째 전투가 된 것이다.

소탕을 나간 지 일주일. 저택의 사람들은 란돌이 전사(戰死)했다는 비보를 듣게 된다.

여섯 형제 중 최초의 죽음.

너무나도 생각지도 못한 일이기에 어린 카릴의 기억에도 선명하게 남아 있었다.

'그의 죽음으로 인해 발발한 여러 사건.'

그것이 맥거번가(家)를 뒤흔들었다는 것을 카릴은 잘 알고 있었다.

그것을 막기 위해 자신이 가려는 것이다.

다만.

'의외라면 티렌이 스스로 토벌에 참가하겠다고 한 것.'

"……."

카릴의 시선이 티렌에게 꽂혔다.

본인뿐만 아니라 티렌까지 전장에 참여한다.

미래가 바뀌었다.

그 순간, 카릴은 티렌의 생각을 알 수 있었다.

'그래. 나를 살피기 위함이군.'

카릴은 여전히 오전 수련을 끝내면 대부분의 시간을 아인헤리에서 시간을 보냈다.

궁금했을 것이다. 마르트를 이길 만큼의 실력자가 서고에서 무엇을 했는지, 어떻게 변했는지.

그것을 가장 잘 확인할 수 있는 장소는 누가 뭐라 해도 전장이었으니까.

일련의 그 모든 행동을 조합해 티렌을 직접 나서게 만든 것이다. 자신의 두 눈으로 직접 확인하겠다는 의지.

'훌륭하다.'

오히려 그런 티렌을 카릴은 칭찬했다.

그의 의심 덕분에 자신이 토벌군에 참여할 수 있게 되었으니까.

'하지만 한 가지 틀린 게 있다.'

아니, 티렌조차 예상하지 못한 일일 것이다.

고블린 토벌 이후에 자신들에게 닥칠 매복. 그건 고작 발사르 남작가 따위가 벌인 일이 아니다.

'그들이 비록 제1황자를 지지하는 세력이라지만 이런 시기

에 가문을 노릴 만큼 정신없는 자들은 아니니까.'

제국 내의 문제가 아닌 제국 밖의 적.

카릴은 눈을 빛냈다.

'앞으로 닷새.'

꽈악-

카릴은 허리에 차고 있는 아그넬의 손잡이를 움켜쥐며 생각했다.

'현생(現生)의 첫 전투를 준비하겠다.'

▶Chapter 3◀

"아르딘이라고 합니다. 이렇게 맥거번가의 도련님들을 뵙게 되어 영광입니다."

닷새가 지난 후. 기다렸다는 듯 정확한 시간에 저택 앞에 병사들이 기다리고 있었다.

"……."

짧게 세운 머리, 부리부리한 눈매와 독사처럼 날카로운 황색의 눈동자를 가진 남자를 카릴은 가장 뒤에서 바라봤다.

"발사르가(家)의 사병 500명. 황명을 받고 맥거번가(家)를 지원코자 왔습니다."

"반갑습니다. 국경을 수비하는 것도 어려운 일인데 수고스럽게도 지원을 아끼지 않은 발사르가(家)에 아버님을 대신해 감사를 표하오."

마르트는 능숙하게 고개를 끄덕이며 아르딘에게 말했다.

아르딘은 마르트를 보며 생각했다.

'보고받은 대로군. 큰 느낌은 아니야.'

크지 않다는 것은 단순히 체구를 뜻하는 것이 아니었다.

그릇.

위협이 되느냐 되지 않느냐를 나누는 기준이다.

그가 알기론 맥거번이라는 명성에 비해 그다지 위협적이지 않다고 했었다.

항간에는 그의 부족함을 메우기 위해 양자를 데려온 것이 아니냐 하는 소문도 있었으니 말이다.

'오히려 위험한 건 양자로 데려온 자식들.'

하지만 어느 가문에서나 직계가 아닌 존재들의 입지는 미약할 뿐.

아르딘은 대수롭지 않게 여겼다.

"그런데…… 저 뒤에 계신 분은?"

그런 와중에 눈에 띄는 한 사람이 있었다.

그는 눈을 번뜩이며 카릴을 바라보며 물었다.

"여섯째입니다. 사정이 있어 얼굴을 가린 점을 이해해 주시기 바랍니다."

'뭐? 그 사이에 또?'

사교계에서나 볼 것 같은 가면을 쓰고 팔짱을 끼고 있는 그를 바라보며 아르딘은 떨떠름한 표정을 지었다.

"아…… 그렇군요. 그렇다면 이제 다섯 도련님이 아니라 여섯 도련님이시군요. 하하하."

눈치 빠르게 그는 아무렇지 않은 듯 창을 뒤로하고, 가슴 위로 주먹을 가져가며 카릴을 향해 고개를 끄덕였다.

"……."

'별난 녀석이야. 그건 그렇고 크웰이란 작자는 백작이면서 자존심도 없나. 무슨 뜨내기들을 이렇게 집에 받아들이는 거야?'

대꾸도 없는 카릴을 바라보며 아르딘은 속으로 생각했다.

마창사(魔槍士) 아르딘.

카릴은 그에게서 시선을 떼지 않았다.

그에게 있어서 아르딘은 잊지 못할 인물이었다.

'뇌(雷) 속성의 마력을 창날에 담아내는 마창(魔槍)이라는 제법 희귀한 창술을 사용했지.'

꽤 전장에서 이름을 떨친 그였지만 지금은 그저 발사르가(家)에 영입된 지 얼마 되지 않은 신참에 불과했다.

그리고 그 정도 실력자는 대륙에 많았다. 이름조차 기억하지 못할 정도로.

그러나 그는 특별했다.

'루레인 공국의 첩자.'

그 사실을 알게 된 건 한참 뒤의 일이었다.

'이번 토벌 때 고블린에 의해 란돌이 죽는다. 모두가 사고사라고 생각했었지. 하지만 그의 정체가 뒤늦게 밝혀지면서 상황

은 완전히 달라졌다.'

란돌의 죽음으로 인해 발사르가(家)가 재조명되며 엄청난 파장을 일으켰다.

하지만 그때는 아르딘이 사라진 뒤였다. 그나마 있었던 의혹도 증거 불충분으로 조사가 불가능했다.

'하지만 국경을 맡고 있던 발사르와 맥거번의 사이가 틀어지면서 엄청난 국력의 손실이 있었지.'

카릴은 아르딘을 바라봤다.

그래 봤자 지금은 갓 영입되어 500명의 사병을 지휘하는 돌격대장일 뿐. 혼자서 할 수 있는 일은 그다지 많지 않았다.

그러나, 반대로 혼자가 아니라면?

'정말 이 시기에 아르딘이 온 게 단순한 우연일까.'

카릴은 그렇게 생각하지 않는다.

'녀석을 다시 만난 건 몇 년 뒤 루레인 공국과의 전쟁에서였다.'

결국, 자신의 손에 죽었지만.

하지만 복수라는 것은 결국 때늦은 일일 뿐.

그렇다고 해서 죽은 란돌이 살아 돌아오는 것은 아니었다.

'그때 녀석이 마지막으로 했던 말.'

가면 속의 그의 시선이 날카롭게 아르딘을 노려보았다.

'더 있다는 거지.'

국경을 수비해야 할 남작가의 사병을 지원군으로 보낼 수 있을 정도의 권력을 가진 사람.

'녀석을 조종하는 윗선.'

그 역시 같은 첩자.

분명 그 존재는 제국의 중심인 황도(皇都)의 귀족 중 하나가 분명할 것이다.

'인사권을 움직일 정도의 힘을 가진 제후들은 많지 않다. 하지만 그만큼 고위 귀족이 첩자로 왔다는 것은……'

루레인 공국과의 전쟁에서 겪은 많은 패배도 분명 그가 손을 썼을 것이다.

'아르딘 녀석은 생긴 것과 달리 입이 무거웠지.'

그는 죽기 직전까지 그자의 정체를 말하지 않았고 결국 그 존재는 밝혀지지 않은 채 미궁 속으로 빠지고 말았다.

'하지만 이번 생은 다를 거다.'

그가 하고자 하는 일은 루레인 공국의 아르딘에 의한 이번 사고를 막는 것뿐만 아니라 제국 깊숙이 숨어 있는 또 다른 첩자를 밝혀내는 것이다.

카릴이 눈을 빛냈다.

"무슨 생각을 하고 있지?"

"아무것도……"

그의 옆에 서 있던 티렌이 나지막하게 묻자 카릴은 담담한 목소리로 대답했다.

"가면을 쓰게 한 것을 이해해라. 네 태생을 알릴 순 없는 일이니까."

티렌은 나지막하게 말했다.

익숙한 일이었다. 유년 시절의 대부분을 썼었다.

'아인헤리에 보관되어 있는 책 중에 외모를 바꿀 수 있는 마법도 있었다. 하지만 그렇게 되면 내가 마력을 가지고 있다는 밝히는 꼴이지.'

카릴은 오랜만에 써보는 가면을 만지며 생각했다.

'더 중요한 순간에.'

자신의 힘을 밝힐 때 역시 그의 머릿속에 이미 계획되어 있었으니까.

'게다가 얼굴을 가렸기 때문에 할 수 있는 일도 많고.'

힘을 숨긴 만큼 자신의 존재도 숨길 수 있는 것이 좋았다.

"저자를 감시해라."

끄덕-

바라던 바였다.

'잘된 일이야. 애초에 그게 내 목적이었으니.'

단순히 란돌의 목숨을 구하기 위함이 아니었다.

'미래를 바꾸기 위해 가장 필요한 것.'

아무리 자신이 뛰어나다 하더라도 혼자서 모든 것을 할 수는 없는 법이다.

논밭을 매는 농부에서부터 일개 병사까지.

모두 필요했다.

"출발하라---!!!"

티렌의 외치자 1천 명의 병사가 일제히 움직이기 시작했다. 카릴은 천천히 고개를 들었다.

앞으로 3년.

'신탁(神託)이 있기까지.'

그는 조금이라도 더 위로 올라가야 한다.

힘이란 곧 권력.

'잊지 말아야 한다.'

자신의 의지를 관철할 수 있는 위치가 되지 못한다면 아무 것도 할 수 없다는 것.

힘으로만 모든 것을 이루고자 한다면 살인자가 될 뿐이다.

'올리번.'

자신이 믿었던 제2황자. 그리고 자신의 유일한 친우(親友).

하지만 결국, 전생(前生)에서 자신의 손으로 그를 죽이지 않았던가. 똑같은 미래를 반복할 순 없다.

그러기 위해서 필요한 것.

'하루라도 빨리 변방이 아닌 황도로 가야 한다.'

권력의 중심으로.

'앞으로 있을 수많은 전투.'

그는 기억하고 있다.

승리의 방법부터 패배의 이유까지.

'모든 명예를 독식(獨食)한다.'

꽈악-

카릴의 손에 힘이 들어간다.

아르딘을 바라보는 그의 눈빛이 빛났다.

'그 첫 제물이 네가 될 거다.'

"잠시 휴식!!"

선두에 선 아르딘이 창을 들어 올리며 소리쳤다.

제법 오랜 행군 시간이 지나 숲 깊숙이 들어온 뒤에야 그는 주위를 훑고서 말에 내렸다.

카릴은 천천히 뒤를 돌아보았다.

'길이 좁아지는 숲길.'

그가 알고 있는 지형과 흡사했다.

'여긴가.'

아르딘을 주시했다.

하지만 그런 카릴의 시선을 모르는지 그는 거만한 말투로 세 사람에게 말했다.

"힘드시진 않습니까? 이런 일은 아무래도 도련님들껜 어울리지 않는 일인데 말입니다."

"괜찮습니다."

그는 맥거번가(家)의 자제들을 온실의 화초라고 생각하고 있는 걸까.

티렌의 얼굴을 바라보며 피식 웃었다.

"언제든 힘드시면 말씀해 주십시오. 근처에서 쉬시고 계시면 저희들이 알아서 끝내겠습니다. 고블린 소탕 따위야 국경에선 일도 아니니까요."

친절한 듯 보이지만 철저히 무시하는 태도였다.

그는 말에 매달아놓은 수통을 꺼내 물을 들이켜며 말했다.

"그건 그렇고 이제 곧 가을이 올 텐데 아직 덥네요."

"그렇습니까. 맥거번에서 이 정도 더위는 언제나 겪는 일이라 잘 모르겠군요."

표정 하나 변하지 않고 말하는 티렌의 모습에 아르딘의 얼굴이 굳어졌다.

하지만 티렌은 그런 그는 안중에도 없다는 듯 말에서 내리며 란돌에게 말했다.

"들었지? 란돌, 지금부터 고블린의 영토 경계다. 지금부터 네가 앞장서라. 초행인 발사르가의 지원군을 수고스럽게 만들 필요 없지."

"알겠습니다."

"일도 아닌 이런 일에 말이야."

유치하지만 티렌은 아르딘을 겨냥한 듯 마지막 말에 힘을 주며 말했다.

어린 나이임에도 한 치의 양보도 하지 않는 티렌.

티렌은 마르트를 제외한 남은 형제 중 유일한 귀족이었다.

비록 몰락 귀족이지만 몸 안에 배어 있는 귀족으로서의 태도.

카릴은 나지막하게 웃었다.

'저 성격은 여전하군.'

아니, 저건 티렌이란 인간 자체의 모습이었다.

그의 거칠 것 없는 성격은 황실에서조차 굽히지 않았으니까.

그때였다.

"전방에 고블린 발견!!!"

보초병들의 외침이 들렸다.

"전투 준비!!"

아르딘은 황급히 창을 들어 올리며 소리쳤다.

카릴은 찰나였지만 그의 눈빛이 흔들리는 것을 놓치지 않았다.

스르르릉---!!

창-! 창-! 차앙--!

그의 외침에 병사들이 각각의 무기를 꺼내며 긴장된 표정으로 경계했다.

콰아아앙---!!

지축이 떨렸다.

길게 자라 있던 주위의 풀들이 거칠게 흔들리며 제멋대로 꺾였다.

'설마…….'

그 순간.

[취익-!! 취이익---!!]

사방으로 고블린들이 쏟아져 나왔다.

"공격!!!"

"공격하라!!!"

티렌과 아르딘의 외침과 함께 병사들이 튀어나오는 녀석들을 향해 검과 창을 내질렀다.

차앙!! 창-! 창-!

병장기가 부딪히는 소리가 사방에서 들렸다.

끝이 보이지 않을 정도로 까마득한 몬스터의 습격에도 불구하고 병사들은 능숙하게 녀석들을 상대했다.

서걱-

'아직이야.'

카릴은 고블린의 목을 베며 생각했다.

백 단위가 넘어가는 고블린의 숫자는 확실히 많았지만 자신들의 병력 역시 충분했다.

'이 정도로 그런 결과가 나올 리가 없다.'

괴멸에 가까운 피해.

그리고 이어지는 란돌의 죽음까지.

"이대로 진형을 유지한다!!"

처음 기습에 잠시 흔들렸지만 시간이 지날수록 전황은 유리해지기 시작했다.

란돌의 외침에 병사들의 사기가 더욱 올라갔다.

"아악!!!"

"으아아악!!!"

그때, 후미에서 병사들의 비명이 들렸다.

"뒤쪽이 뚫린다!!"

콰아아앙---!!

요란한 소리와 함께 병사들의 몸이 부웅 하고 공중으로 떠올랐다.

비가 쏟아지는 것처럼 잘려 나간 신체가 여기저기 떨어지면서 피가 흩뿌려졌다.

'저 녀석은…….'

카릴의 눈동자가 흔들렸다.

각각의 개체는 약하지만 무리를 지어 생활하는 습성을 가진 고블린의 단위는 대부분 수십에서 수백까지 다양했다.

하지만 아주 희귀하게 높은 지능을 가진 고블린이 네 자릿수가 넘는 대규모의 군락을 형성할 때가 있다.

그게 바로 고블린 주술사들이었다.

하지만 그보다 더 상위의 개체가 있다.

최소 세 마리의 고블린 주술사를 통솔하는 진정한 우두머리.

고블린 치프(Chief).

덩치는 보통의 고블린의 배는 될 정도로 컸고 지능은 고블린 주술사들보다 뛰어났다.

단순히 통솔력이 뛰어난 게 아닌 거의 부대 단위를 이끌 수 있을 정도의 지능을 가진 녀석은 웬만한 기사들과 호각을 다

틀 정도로 전투력이 뛰어났다.

저 녀석이 나타났다는 건 최소 3천 이상의 고블린이 이곳에 있을지 모른다는 얘기.

[크아아아아---!!]

녀석이 거대한 박도를 사정없이 휘둘렀다.

피로 붉게 물든 투박한 날에는 병사들의 살점이 뒤엉켜 덕지덕지 달라붙어 있었다.

"모두 물러서!!!"

티렌이 황급히 외쳤지만 이미 공포로 몸이 굳은 병사들은 속수무책으로 당하고 있었다.

'저놈 때문인가?'

란돌의 죽음도 병사들의 피해도.

'아르딘 챈들러가 루레인 공국의 첩자긴 하지만 정말 이번 사건과는 연관이 없다는 말인가.'

카릴의 눈빛이 빛났다.

'아니, 아니다.'

이런 대규모의 고블린이 존재했었다면 지금이 아니라 오래전에 크웰에 의해 토벌됐을 것이다.

'그전까지 알려지지 않았다는 것. 과연 수천 마리가 넘는 고블린의 군락이 형성되기까지 알려지지 않을 수 있을까?'

말이 되지 않는다.

가능성은 한 가지뿐이었다.

'알려지기 전 최근에 녀석들이 이곳으로 이동했다는 것.'

그렇다면 언제?

'바로 닷새 전.'

마치 자신들이 오는 것을 기다리는 것처럼.

고블린 따위가 토벌의 시기를 예측해서 찾아왔을 리가 없다.

'분명 녀석들을 조종하는 놈이 있다.'

"비켜!! 비켜!!"

아르딘의 외침이 들었다.

그는 고블린 치프를 상대하기 위해 창을 치켜들며 후미로 이동하려고 했다.

그러나 무너진 대열에 뒤엉킨 병사들 때문에 가로막혀 쉽지 않았다.

누구보다 열심히 싸운 그의 창엔 고블린의 피가 붉게 물들어 있었다.

저 모습을 보고 그를 의심하는 사람은 없을 것이다.

전생(前生)에 이 전투의 결과를 알지 못한다면.

그 순간. 카릴은 소리치는 아르딘을 날카로운 눈빛으로 바라보며 생각했다.

'그게 너냐.'

이제, 감춰놓은 꼬리를 보여라.

선택지는 두 가지다.

첫째, 여기서 고블린 치프를 죽여 공을 세우는 것.

이제 곧 황도로 갔던 크웰이 이민족의 토벌을 위해 돌아올 것이다.

분명 대규모의 습격을 막은 것도 모자라 고블린 치프라는 거물을 잡으면 당연히 그에게 알려질 터.

그렇게 되면 가문에서의 입지는 지금과는 확실히 달라질 것이다.

둘째, 고블린 치프를 잡는 것을 포기하고 대신 아르딘의 행동을 살피는 것.

피해는 다소 있을지 몰라도 고블린 치프 한 마리에 1천 명에 가까운 병력이 전멸하지는 않을 것이다.

게다가 그의 목적은 아르딘의 뒤에 있을 첩자를 찾는 것. 지금 당장 공을 세우지 못하더라도 뒤를 도모할 수 있다.

눈앞의 작은 공과 후의 큰 공.

처음 시작을 하는 그에게 있어 어떤 발판을 밟을지도 중요한 일이었다.

'아르딘은 빠져나갈 방도를 생각해 뒀을 거다.'

이대로라면 자신의 병력까지 많은 피해를 입을 위험이 있었으니까.

공국의 첩자이긴 하지만 그는 이제 막 남작가에 영입된 기사에 불과했다.

그런 상황에서 병력 피해를 입는다는 것은 그 자신의 발사르가(家)의 입지에도 문제가 생기는 일일 테니까.

아직은 신임을 얻어야 할 필요가 있었다.

'그렇기 때문에 아르딘의 계획은 이걸로 끝이 아닐 것이다.'

절대로 혼자 도망치는 게 아니다.

맥거번가(家)에 피해를 입히고 명분까지 챙길 수 있는 방법.

카릴은 눈빛을 빛냈다.

첫 번째도 대단한 것이지만 결국 가문 내에서 끝날 일. 황도에 알려질 정도는 아니다.

그러나 두 번째는 다르다.

'황제의 귀에까지 내 이름이 들리도록.'

더 이상, 아무것도 하지 못했던 12살의 그가 아니니까.

'움직여라.'

카릴은 아르딘을 주시했다.

"흐아아아아---!!"

그때였다.

그가 있는 힘껏 고블린 치프를 향해 창을 내던지고는 등에 메고 있던 두 자루의 창을 동시에 뽑았다.

마력을 집중시키자 창두에 날카로운 전격이 번뜩이며 사방으로 흩뿌려졌다.

"모두 비켜!!"

뿜어져 나오는 전격에 놀란 병사들이 황급히 양쪽으로 갈리며 길이 생겼다.

타다다다닥……!!

말에서 내린 아르딘이 열린 길을 따라 달리기 시작했다.

콰아앙-!!

고블린 치프가 박도를 들어 자신을 향해 날아오는 창을 튕겨냈다.

요란한 소리와 함께 충격이 있었는 듯 녀석의 몸이 휘청거렸다.

스팟-!!!

그 빈틈을 노려 아르딘이 있는 힘껏 지면을 밟고 튀어 올랐다.

창대가 뱀처럼 휘면서 녀석의 양쪽 허리를 노리며 쇄도했다. 창날이 아르딘의 앞을 막는 네 마리의 고블린들을 순식간에 꿰뚫었다.

파즈즈즈즉---!!

즈아악---!!

피가 타들어 가는 역한 냄새와 함께 숨통이 끊어진 고블린의 시체들이 바닥에서 생선처럼 경련을 일으키며 부르르거렸다.

"부상자들은 뒤로!! 방패병들은 앞으로!!"

난전에서 아르딘의 지휘는 명쾌했다.

그는 누구보다 열심히 싸웠고 가장 많은 수의 고블린을 죽였다.

목숨이 오가는 전투니 당연한 일이라 생각할 수도 있지만 그를 바라보는 카릴의 눈빛은 달랐다.

'마치 보여주기 같은 느낌.'

뇌전(雷電)이 번뜩이는 창날은 그 강력함보다 화려함에 이목을 끌기 쉬웠으니까.

"죽어라!!"

아르딘의 창이 고블린 치프를 향해 쏘아졌다.

순식간에 거리가 좁혀지고 둘이 격돌했다.

차앙-! 창! 창!!

화려한 창술이 펼쳐지고 아르딘이 고블린 치프를 압박하자 녀석이 비틀거리며 뒷걸음질 쳤다.

눈이 아플 정도로 빠르게 쇄도하는 창날을 보며 누구도 그 사이에 끼어들 엄두를 내지 못했다.

카앙!!

아르딘이 창을 쥔 손에 힘을 주자 창대가 아치 형태로 크게 휘면서 고블린 치프의 박도를 쳐올렸다.

자세가 무너졌다.

훤하게 보이는 녀석의 목덜미.

츠아악---!!

바람을 가르며 그가 고블린 치프의 목을 향해 창을 찔렀다.

[취르륵……! 취륵!!]

하지만 그 순간.

그의 공격이 아슬아슬하게 빗겨 나가면서 창날은 고블린 치프의 목을 스치며 어깨에 박혔다.

[크륵……!]

녀석이 고통에 찬 소리를 내며 비틀거렸다.

"크아아아!!!"

아르딘은 다시 한번 반대쪽 손에 들고 있는 창을 들어 올렸다.

콰아앙---!!!

고블린 치프의 목에 창극이 닿기 바로 직전 녀석의 어깨에 박혔던 창이 흔들리며 빈틈이 생겼다.

그 틈을 놓치지 않고 녀석이 몸을 틀어 아르딘의 공격을 피했다.

"제길!!"

창이 깊숙하게 땅에 박혔다.

카릴의 눈빛이 날카롭게 변했다.

조금 전 혼신의 힘을 다한 듯한 일격(一擊)이 있기 바로 직전.

'빗겼다.'

아르딘은 녀석의 어깨에 박은 창에서 힘을 뺐다.

완벽한 고의였다. 아무도 눈치채지 못했을 것이다.

'나를 제외하고.'

[취륵……!! 취륵……!!]

어깨에 상처를 입은 고블린 치프가 괴상한 소리를 내자 공격하던 고블린들이 일제히 도망치기 시작했다.

아르딘은 그것을 놓치지 않고 소리쳤다.

"전 병력 도망치는 고블린을 쫓아라!!! 절대로 녀석을 살려 두지 마라!!"

와아아아아아---!!

와아아--!!

그의 외침에 기다렸다는 듯 병사들이 고블린을 쫓아 달리기 시작했다.

그 순간, 본능적으로 느꼈다.

'이거였군.'

전선을 이탈할 수 있는 명분(名分).

'습격은 이걸로 끝이 아닐 것이다.'

고블린 치프가 있다는 것은 적어도 아직 2천 이상의 고블린이 존재한다는 걸 의미하니까.

카릴의 시선이 숲의 반대편을 향했다.

'매복하고 있을 가능성이 있는 곳은 아마도 저쪽이겠지. 고블린 치프가 도망친 반대편.'

분명, 아르딘의 병력이 빠지고 나면 녀석들이 기다렸다는 듯 나타날 것이다.

그것이 진짜 내막(內幕)이었다.

'신호가 있을 것이다.'

히이이이잉---!!!

카릴이 있는 힘껏 말의 고삐를 당겼다.

'그 전에 움직여야 한다.'

티렌이 그 모습을 보며 소리쳤다.

"카릴! 자리를 지켜!! 구태여 우리 병력까지 소모하면서까지 몬스터들을 쫓을 필요 없다. 남은 녀석들은 아르딘 경에게 맡겨라."

"그 반대다."

"……뭐?"

"내가 쫓는 건 저 녀석이니까."

카릴의 입꼬리가 살며시 올라갔다.

당연히 아르딘의 뒤를 쫓는다.

물론, 고블린 치프 역시 그냥 둘 생각도 없다.

'고민할 필요가 없는 일이었다.'

첫 번째 선택지도, 두 번째 선택지도.

모두 하면 되니까.

"이랏!! 이랏--!!"

협곡을 달리며 아르딘은 뒤를 힐끔 바라봤다.

'이 정도면 되겠지.'

열심히 자신의 뒤를 쫓아오는 병사들을 향해 그가 소리쳤다.

"지금부터 나는 고블린 치프를 쫓겠다. 너희들은 양쪽으로 갈라져 남은 잔당들을 처리해."

"혼자서 말입니까? 괜찮으시겠습니까?"

그의 말에 부관이 되물었다.

"날 못 믿나?"

"죄, 죄송합니다!! 그런 뜻이 아니라……."

다급한 부관의 대답에 아르딘은 피식 웃으면서 말했다.

"나머지는 있어봐야 거추장스러울 뿐이야. 고블린 치프가 있다는 게 뭘 의미하는지 자네도 알 텐데? 어딘가 아직 나타나지 않은 주술사가 있을 거다. 그놈들을 처리해야 해."

아르딘의 말에 부관의 얼굴이 딱딱하게 굳었다.

"병력을 둘로 나눠서 조금 전 우리가 돌아왔던 곳까지 수색한다. 알겠나?"

"네!!"

부관은 그의 용맹함에 다시 한번 감탄을 한 듯 고양된 목소리로 외쳤다.

그 모습에 아르딘은 가볍게 입꼬리를 올렸다.

"이랏---!!"

그가 더더욱 말에 박차를 가했다.

"히이이이잉……!!"

달리던 말이 앞다리를 들며 황급히 멈췄다.

[취륵…… 취륵…….]

아르딘의 앞에는 상처를 입은 고블린 치프가 거친 숨을 내쉬며 그를 바라봤다.

바스락거리는 풀숲의 소리와 함께 치프의 뒤로 수십 마리의 고블린이 나타났다.

그중에서도 선두에 지팡이를 들고 구부정한 모습으로 나타나는 두 마리의 고블린이 눈에 띄었다.

"오셨습니까."

무리 사이에서 들려오는 인간어(人間語).

"맥거번가(家)의 애송이들이 제법 잘 싸우더군. 그래서 연기를 하느라 애를 먹었다. 그러니 날 보고 씩씩거리는 저 녀석 좀 치워주겠나?"

"하하……."

붕대로 칭칭 얼굴을 감고 로브를 덮은 남자는 음침한 목소리로 웃었다.

쇠를 긁는 듯한 소리였다.

그는 아무렇지 않게 고블린 치프의 머리를 애완견을 다루듯 푹푹 두들겼다.

[취륵…… 취륵…….]

어찌 된 영문일까.

수천 마리의 고블린을 이끄는 우두머리가 그의 손길이 닿자마자 좋은 듯 히죽히죽 웃었다.

그 바람에 괴상한 얼굴이 되어 침을 흘리는 모습이 어딘가 정상적으로 보이지 않았다.

"녀석들은 지금 숲길에 그대로 있다."

아르딘은 그 모습을 떨떠름한 얼굴로 바라보다 말했다.

붕대로 얼굴을 가린 남자는 고블린 치프와 똑같이 히죽거리며 대답했다.

"준비하겠습니다."

그때였다.

"접선 장소가 여기였나."

"……!!!"

아르딘은 뒤에서 들려오는 목소리에 황급히 창을 겨누며 고개를 돌렸다.

하지만 이내 곧 그의 눈동자가 커지면서 숲 안쪽에서 나타난 사람을 주시했다.

"……넌."

"괜한 고생을 했군. 뿌리도 문제야. 적어도 제대로 된 내용을 통보해 줬어야지."

카릴은 자신의 경계에도 불구하고 아무렇지 않게 옷에 붙은 풀잎을 털어내며 낮은 목소리로 중얼거렸다.

"우든 클라우드(Wooden Cloud)."

"……!!"

아르딘은 그 말에 다시 한번 놀랐다.

"뭐지? 네 녀석, 동류(同流)인가."

하지만 여전히 경계를 풀지 않고 아르딘은 카릴을 향해 말했다.

'그런 얘기를 듣진 못했는데…….'

생각을 읽은 듯 카릴은 아르딘을 향해 말했다.

"그런 표정 지을 필요 없다. 어찌 된 영문인지 나 역시 보고를 받지 못해서 확인하기 위해 온 거니까. 꽤 곤란했다고, 빠져나오느라 말이야. 안 그랬으면 그쪽을 따라올 이유도 없었다."

"……."

"못 믿겠으면 어쩔 수 없지만. 나도 맥거번가(家)에서 할 일이 있으니까, 아르딘 챈들러."

그 순간, 경계로 가득했던 그의 시선이 약간 누그러지는 느낌이었다.

'내 이름을 정확히 알고 있잖아. 정말 클라우드의 사람인 건가.'

우든 클라우드(Wooden Cloud).

루레인 공국의 비밀 조직.

가장 밑바닥이자 조직을 통솔하는 뿌리, 각 조직원에게 명령을 전달하는 줄기, 그리고 그 명령을 수행하는 가지로 구성되어 있다.

이들은 서로의 존재를 모르며 특수한 쪽지를 주고받는 것으로 명령을 전달받을 뿐이었다.

'하긴……. 생각해 보면 이상한 점이 한둘이 아니다. 백작가에 양자로 들어간 자가 얼굴을 가린 채로 가면을 쓰고 있는 것부터 어린애답지 않은 저 분위기까지…….'

조금 전 습격에서도 아르딘은 카릴의 전투를 봤다.

베테랑 같은 냉정함.

그건 훈련을 받지 않고는 결코 얻을 수 없는 것이었으니까.

"고블린을 조종할 수 있는 술사가 있다고 얘기는 들었는데 직접 보니 놀라운데. 다른 녀석도 아니라 치프를 조종하다니. 뿌리에서 꽤 돈을 쓴 모양이야."

"……."

"어딘가 그럼 주술사들도 있겠군. 매복인가?"

아르딘과 마찬가지로 고블린 술사는 카릴의 날카로운 눈빛에 짐짓 긴장한 표정이었다.

"내가 질문이 과했군. 클라우드끼리는 서로 비밀을 지켜야 하는 게 룰인데 말이야. 이해해 줘. 지금은 특수한 상황이니까."

카릴은 어깨를 으쓱하며 아무렇지 않게 말했다.

"나도 내 임무가 있어서 말이야. 뭐, 겨우 우리 같은 나뭇가지는 시키는 대로만 하면 되지만. 어차피 뿌리 쪽으로 내려보낼 보고는 줄기가 할 테니. 안 그래?"

'정말이군……'

아르딘은 카릴을 바라보며 생각했다.

공국의 비밀 조직인 클라우드의 이름뿐만 아니라 조직원이 아니면 알 수 없는 뿌리까지 언급했다.

'정말이지. 다 네가 알려준 것이니까.'

"계획은?"

넌지시 묻는 그의 말에 아르딘은 고개를 꺾으며 고블린 술사를 가리키며 말했다.

"반대쪽에 고블린들이 매복되어 있다."

그의 말에 술사가 품 안에서 작은 피리 같은 것을 꺼냈다.

"파장이 달라 몬스터에게만 들리는 특수한 소리다. 부는 즉시 맥거번가(家)의 병사들이 있는 곳으로 고블린들이 습격할 거다."

"그래? 신호도 술사가 보내는 거였군. 따로 사람이 있는 줄 알았는데. 하아, 이거 정말 다행인걸."

"……뭐가 다행이란 말이지?"

"번거로운 일을 두 번 하지 않아도 돼서."

서걱-

그때, 카릴이 표정 하나 변하지 않고 아무렇지 않게 검을 그었다.

"……!!"

아무도 반응하지 못했다.

철푸덕-

조금 전까지만 하더라도 작은 피리를 들고 있던 술사의 두 팔이 바닥에 떨어지며 굴렀다.

잘린 손목에서 피가 뿜어져 나오며 바닥을 적셨다.

"으…… 으…… 으아아악!!!!"

보고서도 믿을 수 없다는 듯 뒤늦게야 잘린 두 팔을 바라보며 술사는 비명을 질렀다.

그가 고통에 실성한 듯 몸을 부들부들 떨며 바닥을 기기 시작했다.

"무, 무슨 짓이야!!"

"시간은 벌었고."

아르딘의 외침에도 불구하고 카릴은 아무렇지 않은 듯 그와 고블린 술사를 바라봤다.

[취륵…… 취르르륵……!!]

고블린 치프가 경계를 하듯 박도를 들어 그를 향해 으르렁거렸다.

카릴은 담담한 목소리로 그들을 훑으며 말했다.

"이제 하나씩 챙겨볼까?"

"이…… 미친놈!!!"

아르딘은 술사의 앞을 막아서며 카릴을 향해 창을 겨누었다.

"어디서 온 놈이냐."

"……."

그의 외침에도 불구하고 카릴은 천천히 검을 뽑았다.

'딱 좋은 상대군.'

저택 내에서 마르트 덕분에 마나 블레이드를 사용하는 적과의 전투를 연습할 순 있었지만, 마력을 얻었다는 걸 숨겨야 했기에 제대로 오러 블레이드를 펼쳐보지 못했었다.

게다가 그의 검술은 이미 완벽했지만 12살의 몸을 그것에 맞게 가다듬어야 했다.

온전하게 마력을 뿜어낼 수 있는 상대.

카릴은 만족스러운 듯 입꼬리를 올렸다.

우우웅……!!

검을 쥔 손에 힘을 주었다.

그러자 은은하게 빛나는 오러가 검날을 감쌌다.

처음 보는 그 모습에 아르딘은 인상을 구기며 생각했다.

'저런 마나 블레이드는 처음 보는데……. 무슨 속성이지?'

맥거번가(家)의 고유 속성은 불(火)이었지만 그건 장남인 마르트에게만 해당되는 일이었다.

'정체를 알 수 없다.'

가면으로 얼굴을 가렸고 우든 클라우드에 대한 정보까지 알고 있는 상대.

단순한 양자일 리가 없다.

'도대체 어디서 온 녀석이지? 티로스 연합? 아니면 이스트리아 삼국?'

고민을 해봐도 가늠을 할 수가 없었다.

그리고.

카아앙---!!

더 이상 고민을 할 여유를 카릴이 주지도 않았다.

[취르륵……!! 취륵!!]

고블린 치프가 거대한 박도를 들어 그의 앞을 막았다.

"흡!"

그 순간, 두 팔을 올려 검을 쥐었다.

지면을 밟으며 있는 힘껏 검을 내려쳤다.

크가가가가가---!!!!

오러 블레이드가 폭발하듯 솟구치며 검날이 주욱 길어졌다.

[크륵!!!]

고블린 치프가 그의 공격을 막기 위해 머리 위로 박도를 들었다.

촤아악---!!

솟구치는 검날이 고블린 치프의 박도를 그대로 꿰뚫어 버리며 녀석의 머리부터 몸통 전부를 단번에 잘라 버렸다.

"마…… 말도 안 돼!!"

술사는 일격(一擊)에 반 토막이 난 몬스터를 보며 경악했다.

"……."

마치 아무 일도 없었다는 듯.

카릴은 땅을 박차며 멈추지 않고 아르딘의 영역 안으로 뛰어들었다.

넓은 창이 부웅-! 하는 소리와 함께 그의 접근을 막으려 했다.

아슬아슬하게 몸을 틀어 번뜩이는 창날을 피하자 아르딘은 기다렸다는 듯 반대쪽에 쥐고 있는 창으로 카릴의 가슴을 노렸다.

츠즈즈즉……!

하지만 카릴은 그것조차 예상했다는 듯 달리는 속도를 줄이기 위해 있는 힘껏 지면을 박찼다.

흙먼지가 일며 왼쪽 다리가 축이 되며 그가 빙그르르 회전했다.

옷깃을 가볍게 스치며 아르딘의 창이 카릴의 등을 지나쳤다.

카앙!!

카릴이 왼발을 들어 무릎 보호대로 창대를 찍어 눌렀다. 창이 크게 휘면서 아르딘이 반동을 이기지 못하고 쥔 손을 놓고 말았다.

"크윽?!"

순식간에 거리가 좁혀졌고 아르딘은 남아 있는 한 자루의 창을 두 손으로 있는 힘껏 당겼다.

'늦었다.'

스으으응---!!!

오러 블레이드가 초승달처럼 원을 그리며 빛을 뿜으며 번뜩였다.

그러자 아르딘의 창대가 깔끔하게 잘려 나갔다.

푸욱-

검날이 그의 왼쪽 어깨에 틀어박혔다.

"크윽!!"

아르딘이 고통 섞인 신음을 내뱉었다. 하지만 카릴의 공격은 끝이 아니었다.

우우우웅……!!

검날이 떨렸다.

카릴이 마력을 집중하며 있는 힘껏 검을 내려쳤다.

촤아아아악……!!

붉은 피와 함께 어깨에서부터 갈비뼈까지 두부를 썰 듯 그의 몸이 잘려 나갔다.

"크아악!!"

아르딘의 비명이 들렸다.

하지만 카릴의 표정은 오히려 담담했다.

'아직 멀었군.'

보통의 검날로 일격에 갈비뼈를 자를 수 있을 리가 없었다. 오러 블레이드의 날카로운 예기가 없었다면 불가능한 일.

하지만 카릴은 만족할 수 없었다.

'이 정도는 내 검술로도 충분히 할 수 있는 일이다. 아직도 검(劍)이 주가 되고 있다. 마력을 일점으로 폭발하는 것이 부족해.'

"컥…… 커컥……."

당장에라도 끊어질 것 같은 아르딘의 신음이 카릴의 귀에 들렸다.

"……."

그는 바닥에 쓰러진 그를 향해 물었다.

"뿌리에 대해서 아는 게 있나?"

"미친……."

입가에 피를 머금은 아르딘은 카릴을 향해 냉소를 지으며 말했다.

'그래. 너는 말하지 않겠지.'

하지만 그런 그의 모습에도 불구하고 카릴은 담담한 얼굴로 물끄러미 그를 바라봤다.

'전생(前生)에서 내게 죽기 전까지도 너는 뿌리에 관련된 사람을 얘기하지 않았으니까.'

카릴은 살점이 훤히 보이는 잘려 나간 아르딘의 허리에 검을 박아 넣었다.

"정말 모르는 것일지도 모르지."

"아아아!! 이…… 악!!! 크아아아악……!!!"

고통에 아르딘이 몸부림을 치며 비명을 질렀다.

"좋아. 질문을 바꾸겠다. 이 일이 끝나면 그다음은 무엇 하도록 명령받았지? 분명 이걸로 끝이 아닐 텐데."

"퉷……!! 네놈…… 에게 그, 걸…… 알려줄 것 같아?"

아르딘은 고통에 제대로 말을 잇지 못하면서도 으르렁거리듯 소리쳤다.

"여전하군."

"……뭐?"

카릴은 전생(前生)에서 그를 죽였던 때를 떠올리며 나지막하게 중얼거렸다.

"하지만 그때와 다른 점이 있지."

'그때의 넌 혼자였지만……. 지금은 그렇지 않다.'

그러고는 고개를 돌렸다.

"네 생각은 잘 알겠다. 하지만 과연 저쪽도 너랑 똑같을까?"

"……뭐?"

그의 시선이 멈춘 곳.

그곳에는 주저앉아 있는 고블린 술사가 있었다.

"저쪽은 고통에 익숙하지 않은 것 같거든."

더 이상의 말은 필요 없었다.

카릴의 팔이 아래에서 위로 천천히 사선을 그으며 움직였다.

서걱-

매끄럽게 잘리는 소리와 함께 비명조차 지르지 못한 채 아르딘의 목이 바닥을 굴렀다.

툭.

눈조차 감지 못한 그의 목이 고블린 술사 눈앞에 공이 구르듯 떨어졌다.

[히…… 히익?!]

소스라치게 놀라는 그를 바라보며 카릴은 천천히 발걸음을 옮겼다.

"고…… 공격해!! 뭣들 하는 거야!! 당장 공격해!!"

술사는 자신의 뒤에 있는 고블린 주술사들을 향해 소리쳤다.

[취륵…… 취륵…….]

[취르륵…….]

그러나 녀석들은 이미 전의를 상실한 듯 카릴을 바라보며 허리를 굽히고 있었다.

그럴 수밖에.

이미 치프가 당하는 것을 두 눈으로 본 녀석들이다.

자신들이 이길 수 없다는 것을 아는 상황에서 힘을 잃은 술사의 명령을 따를 리가 없었다.

"흐…… 흐이익!!"

술사는 도망을 치려 발버둥 쳤지만 다리에 힘이 풀린 듯 자꾸만 넘어져 바둥거렸다.

저벅- 저벅- 저벅-

다가오는 발소리가 마치 죽음을 알리는 경종 같았다.

카릴은 그를 내려다보며 말했다.

"넌 한 번만 묻는다."

그 순간, 오러 블레이드가 빛났다.

"어떻게 된 거야?!"

협곡 안쪽.

걸어오는 카릴을 발견한 티렌과 란돌이 그를 향해 소리쳤다.

"고블린의 습격이 있었다. 애석하게도 아르딘 경이 고블린 치프에 의해 죽었다."

"뭐?"

잘려 나간 아르딘의 목을 내려놓았다. 티렌은 그의 머리를 보며 믿을 수 없다는 듯 소리쳤다.

"그게 무슨 말이야!!"

"단순한 기습이 아니었다."

"……!!"

카릴에게 끌려온 한 남자.

부들부들 떨고 있는 그를 바라보며 사람들은 설명이 필요한 눈빛으로 카릴을 바라봤다.

"고블린을 조종하는 술사다. 이건 맥거번가(家)의 토벌을 노린 습격이었다."

그러고는 다른 사람에게는 들리지 않을 작은 목소리로 티렌에게 속삭였다.

"루레인 공국의 자다."

"……!!"

예상치 못한 그의 말에 티렌의 눈이 동그랗게 커졌다.

"아직 끝난 게 아니다. 명령을 받지 못한 남은 고블린들이 아마 혼란에 빠진 채 그대로 있을 거다."

카릴은 낯빛이 어두워진 발사르가(家)의 부관을 바라보며 말했다.

"이대로 천 마리가 넘는 고블린이 아무렇게나 돌아다니게

놔둔다면 마을에 큰 피해가 생기겠지."

그는 허리를 꼿꼿이 세우며 말했다.

"저 녀석의 말에 의하면 반대쪽에 남은 몬스터들이 매복해 있다더군. 이봐, 당신이 부관이지?"

"……그렇습니다."

"지휘관이 죽으면 그쪽이 승계받는 거로 알고 있는데. 어떻게 할 생각이지? 이대로 돌아갈 건가? 그래도 상관은 없지만."

"……."

부관은 카릴의 말에 고민했다.

지휘관을 잃은 것은 뼈아픈 결과였다.

돌아가면 문책을 당하는 것은 자명한 사실이었다.

하지만 그렇다고 이대로 도망치듯 그냥 돌아간다면 그것 역시 남작이 가만있지 않을 것이다.

남작은 국경을 수비하는 기사 중 한 명이었으니까.

"토벌을 돕겠습니다."

부관은 결심한 듯 말했다.

"좋아."

그의 대답에 카릴은 만족스럽다는 표정으로 고개를 끄덕였다.

"수고를 덜었군."

어느샌가 그의 중심으로 사람이 모이기 시작했다.

누가 뭐라 할 것 없이 1천 명에 가까운 병사를 이끄는 지휘관은 카릴이었다.

그 모습이 너무나도 자연스러웠다.

카릴은 얼굴을 가린 가면을 고치며 나지막한 목소리로 말했다.

"가자."

콰아아악---!!!

고블린의 피가 사방으로 튀었다.

"취륵……!! 취르르륵……!!"

조종이 풀린 고블린들이 갑작스럽게 들이닥친 카릴의 병력에 우왕좌왕했다.

남아 있던 주술사들이 괴상한 소리를 내며 소리쳤지만 이미 패닉에 빠진 녀석들의 목을 거침없이 병사들이 베어냈다.

'빠르게 정리되겠어. 이까짓 것들에게 밀리는 것 자체가 우스운 일이지.'

카릴은 고블린의 목을 베며 고개를 들었다.

이미 우두머리가 없는 잔당을 처리하는 건 오래 걸리지 않았다.

"χοκ υφχχφφ……!!!"

저 멀리 보이는 주술사.

양손으로 지팡이를 쥐고서 마법을 읊기 시작했다.

'마지막이군.'

이미 술사의 옆에 있던 둘을 제거했던 카릴은 마지막 남은 한 마리를 바라보며 생각했다.

녀석의 주위에 있는 몬스터들의 몸이 푸르게 변하기 시작했다.

하급의 버프.

육체를 강력하게 만드는 보조 마법을 받자 고블린들은 더욱 맹렬하게 공격하기 시작했다.

카릴은 냉소를 지었다.

'그래 봐야, 고블린.'

촤아악---!!

그의 검이 고블린의 몸을 단번에 갈랐다.

12살의 몸이라 하더라도 이미 검술의 이해는 극(極)에 달했고 전생과 달리 부족한 육체를 보완할 수 있는 방법까지 있었다.

바로, 보조 마법.

아무도 눈치채지 못했지만 마력혈의 넘치는 마력으로 카릴의 몸엔 수많은 보조 마법들이 걸려 있었다.

근력을 상승시켜주는 스트랭스(Strength).

반응속도를 빠르게 해주는 헤이스트(Haste).

민첩을 올려주는 덱스(Dex).

동체 시력을 높여주는 이글 아이(Eagle Eye) 등등…….

저(低)클래스의 보조 마법에 불과했지만 평범한 사람 아니, 기사라 할지라도 이렇게 많은 보조 마법을 쓴다는 건 상상도 할 수 없는 일이었다.

마력이 고갈되어 싸우기는커녕 제대로 서 있는 것조차 불가능했을 테니까.

용의 심장을 먹은 카릴이기에 가능한 것이다.

'눈에 띄는 오러 블레이드는 사용하지 못하지만 고블린을 상대하기엔 충분하지.'

그때였다.

"큭……?!"

카릴은 가슴이 조여오는 듯한 느낌에 살짝 인상을 찡그렸다.

'뭐지……. 또 통증이……'

저번에도 느꼈던 것과 같았다.

알 수 없는 기분에 카릴은 입술을 깨물었지만 지금은 고민 따위 할 여유는 없었다.

파악……!! 팍!! 팍!!!

카릴은 통증을 잊은 채 마치 징검다리를 걷는 것처럼 고블린의 머리를 밟고 뛰어오르며 주술사를 향해 달려갔다.

모두의 시선이 카릴에게 꽂혔다.

다만.

'도대체 어떻게 된 거지……?!'

'마력도 쓸 수 없는 녀석이 어떻게 저렇게 싸울 수 있는 거야?'

카릴에 대한 티렌과 란돌의 의문과.

'저분의 몸은 강철로라도 된 건가. 저토록 격렬하게 싸우시고도 멀쩡하시지?'

'믿을 수 없을 정도다. 공격 하나하나가 예측할 수도 없어. 저런 건 처음 본다.'

발사르가(家)의 병사들의 의문은 완전히 다른 것이었다.

카릴의 전투를 함께 하던 병사들에겐 가문의 구분을 떠나서 일종의 감응(感應)이 있었다.

"창병!! 앞으로!! 밀어붙인다! 녀석들의 범위를 줄여!!"

"넵!!!"

"검병은 양옆을 호위한다! 대열을 무너뜨리지 마!!"

카릴의 외침이 들렸다.

물론 국경을 수비하는 병사들은 당연히 이보다 더 큰 전투도 치러보았다.

하지만 고작 12살의 아이가 이 많은 병력을 진두지휘하는 모습은 평생 본 적이 없었을 것이다.

'성인이 된다면…….'

'과연 어떤 모습일까?

'보고 싶다.'

병사들의 머릿속은 성인이 된 카릴의 모습으로 가득 차 있었다.

서걱-

그러거나 말거나, 카릴의 검이 바람을 갈랐다.

날카로운 파공음과 함께 고블린 주술사의 머리가 핑그르르 공중에 회전하며 잘려 나갔다.

"끝났다."

마지막 주술사의 목숨을 끊는 순간.

고블린들이 우왕좌왕하며 흔들리기 시작했다. 병사들은 직감했다. 이제 남은 것은 정말 사냥에 불과하다는 것을.

와아아아아아아---!!!

와아아아---!!!

병사들의 외침이 협곡에 울렸다.

그들의 눈에 이 작은 소년의 모습이 각인되는 것 같았다.

가면 속 카릴의 얼굴은 흡족한 미소를 띠었다.

오랜만에 느끼는 고양감.

그는 검을 쥔 손에 힘을 주었다.

소문은 빠르게 퍼져갔다.

며칠이 지났음에도 고블린 토벌에 대한 이야기는 여전히 화젯거리였다.

"이번에 백작님께서 데려오신 여섯째 도련님의 실력이 장난 아니라던데?"

"검으로 고블린 수백 마리를 그냥 단칼에 베어버렸다는구만?"

"예끼, 이 사람아. 그냥 고블린이 아니라 고블린의 우두머리까지 혼자서 다 잡았대."

"허허……. 이거 대단하구만."

"황실에서까지 여기로 온다는 얘기도 있던데?"

"엄청난 보물이 들어왔어."

입에서 입으로 전해지는 이야기야 과장되는 것이 당연한 일이지만 백작가의 양자가 입양된 지 한 달밖에 되지 않은 짧은 시간에 영지 내의 백성들의 입에 오르내리는 일은 이례적인 것이었다.

다그닥- 다그닥-

소란스러운 농지에 들려오는 말발굽 소리.

추수를 준비하는 농부들이 황급히 허리를 펴며 앞을 바라봤다.

"백작님이시다!"

한 사람의 외침과 동시에 크웰의 얼굴을 알아본 사람들은 저마다 황급히 무릎을 꿇거나 고개를 숙였다.

"보셨습니까? 영지 밖에서부터 카릴 도련님의 이야기로 난리군요. 하긴, 이미 황궁에도 알려졌으니까요. 루레인 공국의 첩자라……. 결코 가벼운 일이 아니지 않습니까."

"그렇지."

"정말 대단한 일을 해내셨습니다. 루레인 공국 녀석들……. 여전히 제국을 노리고 있다니, 어처구니가 없지 않습니까."

"그들과의 전쟁도 아직 끝난 게 아니니까. 기사단이 빠진 지금을 노린 거겠지."

"큰일 날 뻔했습니다. 카릴 도련님이 안 계셨더라면……. 도련님들뿐만 아니라 영지 자체가 위험했을지도 모릅니다."

부관의 말에 크웰은 천천히 고개를 끄덕였다.

담담한 척하지만, 그의 입가엔 옅은 미소가 드리워져 있었다.

'오자마자 큰 공을 세웠구나.'

좋든 싫든 그의 활약에 가문 내에서의 카릴의 입지는 확실히 달라질 것이다.

인정을 받거나.

혹은.

더 미움을 받거나.

"아직 첩자는 저택에 구금되어 있다고 하던데. 곧 황궁으로 압송되겠죠?"

"그래야겠지. 이곳에 계속 둘 수는 없는 일이니까."

"단장님께서 다시 또 황도로 가실 순 없으실 테고……. 폐하께서도 이 소식을 아실 테니 도련님을 황궁으로 불러들이지 않으실까요?"

"글쎄. 폐하께서 기껏해야 12살짜리 아이에게 관심을 가지실 리는 없지."

황제는 뛰어난 사람이지만 이미 노쇠한 인물이었다.

대부분을 병상에서 보내는 그가 변방의 아이에게까지 관심을 가질 리 없었다.

다만…….

'문제는 황자들이겠지.'

쟁쟁한 맥거번가(家)의 형제들 사이에서도 단연 두각을 나타낸 아이.

그들이야말로 궁금해하지 않을 수 없을 것이다.

'자신의 편으로 둘 수 있는지 아니면 처리를 해야 할 재목인지를 판단해야 할 테니까.'

크웰은 묵묵히 앞을 바라봤다.

깊이를 알 수 없는 그의 눈동자가 옅게 흔들리는 것 같았다.

'나는 이미 제2황자를 지지하겠다고 공표했다. 그 때문에 더욱 카릴이 주목받게 되었다.'

제2황자파에서는 당연히 크웰이 있기 때문에 가문을 따라 자신을 따르리라 볼 것이다.

그렇다고 제1황자파에서 포기를 할 것이냐.

'아닐 것이다.'

마르트라면 다르다. 그는 자신의 피를 이어받은 아이니까.

하지만 카릴은 양자(養子).

'제1황자는 그걸 노리겠지. 게다가…….'

카릴의 태생이 이민족이란 것을 알게 되기라도 한다면 제2황자를 지지하는 크웰의 약점을 쥐게 되는 것이었다.

"만약 도련님을 황도로 부르신다면 어떻게 하실 생각이십니까?"

부관은 걱정스러운 목소리로 물었다.

"보내실 겁니까?"

"흐음……."

카릴이 공을 세운 기쁨보다, 저택을 향한 길이 줄어드는 것 때문에 크웰의 얼굴에 근심이 가득 쌓였다.

▸Chapter 4◂

'보내지 못하겠지.'

어둠 속에서 카릴의 눈빛이 빛났다.

'아무리 아버지라도 이민족인 나를 황도로 보낼 수는 없겠지. 하지만 상관없다.'

모두가 잠든 밤.

수천 마리의 고블린을 소탕한 병사들은 곯아떨어져 있었다. 깨어 있는 사람은 경계를 서고 있는 몇몇 병사들이 전부.

'이미 다른 방법을 생각해 놨으니까.'

"충성!"

카릴은 어렵지 않게 마차 위에 만든 임시 감옥으로 들어왔다.

오히려 병사들은 존경의 눈을 담아 그에게 경례했다. 카릴은 조용히 고개를 끄덕였다.

창살 안쪽에 쓰러져 있는 술사는 거친 숨을 몰아쉬며 이따금 몸을 부르르 떨 뿐이었다.

카릴은 어렵지 않게 보초를 지나 들어올 수 있었다. 전투에서 보여준 그의 무용은 이미 병사들의 머릿속에 각인되어 있었기 때문이다.

'이미 첩자에 대한 보고가 황궁에 전해졌겠지. 아마 국경을 지나 북쪽으로 이동하시기 전에 아버지께서 저택을 들리실 거다.'

"일어나."

그는 철창 안을 바라봤다.

'오히려 아버지가 저택에 도착하고 나면 귀찮아진다. 그 전에 계획을 실행해야 한다.'

크웰이 없는 지금 카릴의 행동을 알아차릴 실력자는 이곳에 없었으니까.

"……."

그는 손바닥 안에 쥐고 있는 무언가를 만지작거리고는 천천히 입을 열었다.

"베이커."

카릴이 쓰러져 있는 고블린 술사의 이름을 불렀다.

쿵-!!

"흐익……!?"

카릴이 철장을 가볍게 흔들자 녀석은 소스라치게 놀라며 그를 바라봤다.

가면 속의 눈빛이 번뜩였다.

"지금부터 내가 하는 말 잘 들어라."

"네가 한 말이 전부 사실이겠지. 베이커."

"그렇소……. 제발…… 선처를……."

힘없는 대답이 돌아왔다.

더 이상 반항을 할 엄두도 내지 못하는 듯 로레인 공국의 술사인 그는 바닥에 쓰러진 채 울먹거렸다.

"이제 곧 저택이다. 아버지께서도 오늘 밤 돌아오시겠지. 그럼 넌 황도로 가게 된다."

카릴은 창살에 기대어 아무렇지 않게 말했다.

오랜만의 느끼는 숲 내음이 나쁘지 않은 듯 그는 크게 숨을 들이마셨다.

조용한 숲엔 이따금 벌레들 소리만이 들릴 뿐이었다.

"그곳에 가면 두 팔이 잘린 것 따윈 우스울 정도로 더한 고문을 받을 거다. 고문 감독관인 모리스에 대해서 알고 있나?"

"……."

"손톱의 모리스, 무슨 이상한 별명인가 싶겠지만 그자의 유일한 즐거움이 죄수의 손톱을 아주 조금씩 잘게 잘게 바늘로 구멍을 뚫는 거라던데."

카릴의 목소리가 감옥 안에 울렸다.

"넌 팔이 없으니 모리스가 꽤 실망하겠지만……. 대신 발톱에다가 구멍을 뚫으려나."

꿀꺽-

그의 어깨가 움찔거렸다.

"그다음엔 살점을 하나하나 발라내고 그 안에 보이는 뼈에다가 자신의 이름을 새긴다고 하더군. 손톱을 뚫었던 바늘로 말이야."

"……."

"모든 걸 다 얘기해 봐야 네가 남은 건 지독한 고문과 고문 그리고 또 고문뿐이겠지. 죽을 때까지. 나중에는 차라리 자백을 한 걸 후회하며 최후를 맞이하게 되지."

카릴은 손바닥을 펼쳤다. 옅은 마나가 응축되다가 사라졌다.

그의 손바닥에 들풀처럼 작은 풀잎 하나가 놓여 있었다.

"이게 뭔지는 군이 내가 설명하지 않아도 더 잘 알 터. 마력 족쇄가 채워진 네게 마법은 통하지 않지만 이건 분명 도움이 될 거다."

창살 안으로 그는 작은 잎 하나를 바닥에 밀어 넣었다. 그러고는 자리에서 일어섰다.

"선처를 바란다고?"

막사로 돌아가는 그의 마지막 말이 풀숲 사이로 나직하게 들려왔다.

"잘 생각해. 그게 내가 해줄 수 있는 선처다."

며칠 뒤.

와아아아아---!!!

와아아---!!

마을의 초입부터 영지민들의 환호성이 들려왔다.

티렌과 란돌은 그들을 향해 가볍게 고개를 끄덕였다.

"정말 대단하십니다!!"

"제국의 보물들이십니다!"

"도련님들을 이렇게 뵐 수 있다니……. 영광입니다!"

여기저기에서 들려오는 박수갈채.

백작의 아이들에게 스스럼없이 말을 할 수 있다는 것만으로도 맥거번가(家)의 영지가 얼마나 좋은 곳인지 보여주고 있었다.

'저분이 그 소문의 여섯째이신가?'

'그런데 왜 가면을 쓰고 계시지?'

'글쎄…….'

영지 내에 카릴에 대한 소문은 이미 쫙 퍼져 있었다. 하지만 직접 본 것은 이번이 처음이다.

영지민들은 자신의 생각과 다른 그의 모습에 당황스러운 듯 소곤거렸다.

“허리를 펴라. 너 역시 맥거번가(家)의 아들이니.”

“그래, 네가 가장 큰 공훈을 세우지 않았더냐. 너야말로 선두에 서야 했는데.”

가면으로 얼굴을 가린 카릴을 향해 티렌과 란돌이 말했다.

그런 둘을 보며 카릴은 가볍게 웃었다.

‘전생과는 확실히 달라. 란돌이 살아남은 것이 과연 어떤 변화를 줄지 궁금하군.’

“상관없다.”

카릴은 담담한 목소리로 말했다.

말의 옆구리를 차며 좀 더 속도를 높이는 그를 바라보며 란돌은 고개를 저었다.

“건방지긴…….”

하지만 그런 그가 싫지는 않은 듯 보였다.

“란돌, 너 역시 마찬가지다. 우리들의 이름이 황도에 알려졌을 거다. 폐하께서 우리를 황궁으로 부르실 수도 있다.”

“네?”

“그때도 그런 어벙한 표정을 짓고 있을 거냐. 너 역시 맥거번가(家)의 아들이라는 걸 명심해라.”

티렌은 차가운 얼굴로 말했다.

그의 말에 란돌은 말없이 고개를 끄덕였다.

‘그러면 카릴은? 나는 그가 싸우는 걸 봤다. 카릴이 받지 못

한다면 우리 역시 받지 않아야 하는 것이 옳지 않은가?'

그가 앞서가고 있는 카릴을 바라봤다.

'앞으로 너는 더욱 주목받겠지.'

뛰어난 재능은 아무리 감추려고 해도 나타나는 법.

'그러나 이민족이란 출신이 너를 붙잡을 거다. 너는 어떻게 할 생각이지?'

란돌은 카릴의 자신감이 부러웠다. 그건 마르트의 도도함이나 티렌의 고고함과는 다른 무언가였다.

마치, 밑바닥에서부터 정상까지.

그 모든 것의 가치가 무의미하다는 듯 그는 내려다보고 있었다.

'나도……. 너처럼…….'

있는 듯 없는 듯. 묵묵하게 살아왔던 자신이었다.

평민의 아들.

그것이 마치 족쇄처럼 자신을 옭아매고 있었다.

그런데 지금…….

자신보다 더 험난한 삶을 산 이민족의 아이가 누구보다 먼저 세상에 이름을 알렸다.

꽈악-

고삐를 쥔 손에 힘이 들어갔다.

처음으로, 조용한 그의 마음에 약하지만 분명하게 파문이 일어나고 있었다.

늦은 밤, 카릴은 집무실의 문을 두들겼다.

"백작님께서 찾으십니다."

시종장인 테일러는 마치 도둑질이라도 하는 듯 은밀히 그를 불렀다.

"대단한 공을 세웠구나."

황궁에서 돌아온 크웰이 굳은 얼굴로 천천히 고개를 돌리며 그를 바라봤다.

약 한 달 만에 만나는 재회의 기쁨보다는 그들 사이에는 묘한 기류가 흐르고 있었다.

알고 있다.

크웰이 서둘러 저택에 돌아온 이유도. 그리고 오자마자 자신을 찾은 이유 역시.

"운이 좋았습니다."

카릴은 그것이 익숙한 듯. 낮은 한숨을 내쉬면서 준비했던 대답을 꺼냈다.

"운을 잡는 것도 실력이지. 너는 단순히 첩자를 잡은 것이 아니라 형제들의 목숨도 살린 거다."

저택으로 돌아온 크웰은 누구보다도 먼저 카릴을 찾았다.

"너에 대한 얘기는 황궁에도 이미 퍼졌다. 아마…… 황도에서 널 찾는 전갈이 올 것이다."

"그렇습니까."

잠시 뜸을 들이던 크웰은 천천히 입을 열었다.

"하지만 너도 알다시피 너를 황도로 보내는 것은 어려운 일이다."

"……."

카릴은 말없이 크웰을 바라봤다.

"그럴 거라 생각했습니다."

"안타깝지만 아직 너의 태생을 황궁에 알릴 수는 없으니 말이다."

그의 말에 카릴은 쓴웃음을 지었다.

"그리하여…… 황궁에서 전갈이 온다면 티렌과 란돌을 보낼 생각이다."

아버지께서 많은 고민을 하고 내린 결정이란 것이 역력하게 느껴졌다.

그게 최선이었다. 그리고 나름의 배려도 느껴졌다.

'어머니께서 서운해하시겠군. 솔직히 마르트를 보내도 뭐라 할 수 없는 상황이다. 뭐니 뭐니 해도 가문의 대표는 장남이니까. 하지만 토벌에도 참가하지 않은 그를 대표로 보내는 건 아버지에겐 용납할 수 없는 일이겠지.'

"상관없습니다."

카릴은 차분한 목소리로 말했다.

분명, 이것은 황궁으로 갈 수 있는 기회였다.

하지만 이대로 황궁으로 간다 한들 오히려 자신의 신분 때문에 문제가 될 게 틀림없었다.

'내가 바라는 건 이런 게 아니다.'

처음 생각했던 '공을 쌓아 하루라도 빨리 황궁으로 가겠다'는 목표는 단순히 황궁에 입성할 수 있는 기회를 얻는 것을 뜻하는 게 아니었으니까.

'이건 첫 단추에 불과하다.'

그가 계획한 명예의 독식이란 겨우 이 정도가 아니었으니까.

'나의 태생조차 뛰어넘을 공을 세우는 것. 그래서 황궁의 귀족들이 나를 인정할 수밖에 없도록 만들어야 한다.'

그러기 위해서 이 정도는 너무 작다.

'더 큰 것을 위한 준비 역시 끝냈으니까.'

크웰은 카릴의 말에 낮은 한숨을 내쉬며 고개를 끄덕였다.

"이해해 준다니 고맙구나. 대신 원하는 것이 있다면 얘기하거라. 최대한 도와주마."

카릴은 기다렸다는 듯 대답했다.

"통행 허가서를 얻고 싶습니다. 제국 내에서 신분을 확인하지 않아도 되는."

"그 말은 저택을 나가고 싶다는 의미인 게냐."

끄덕-

'어차피 저택에서 원하는 것은 얻었다.'

처음부터 그가 회귀의 시간을 이때로 정한 이유도 용의 심장을 얻기 위함이었으니까.

몸을 만들 시간도, 란돌을 구하고 루레인 공국의 첩자인 아르딘을 처단하는 일도.

'아직 가다듬어야 할 부분이야 수두룩하지만 더 이상 시간을 허비할 필요가 없다.'

카릴은 아르딘과의 전투에서 자신의 수준을 충분히 가늠할 수 있었다. 마력을 사용하는 기사를 상대로 12살의 몸으로도 그는 충분히 압도했으니까.

"이곳 생활이 마음에 들지 않느냐. 아니면 이번 일로 실망을 한 거냐."

"아닙니다. 단지 좀 더 넓은 세상을 보고 싶을 뿐입니다."

"으흠……."

'물론, 앞으로 일어날 커다란 사건들에 내가 관여하기 위함이기도 하고.'

그러기에 저택은 너무 좁았다.

크웰은 카릴의 말에 잠시 고민을 하듯 눈을 감았다.

"백작가의 증표까지는 필요 없습니다. 오히려 눈에 띄어 더 번거로울 테니까."

그의 고민을 알아챈 듯 카릴이 먼저 선수를 쳤다.

"백작의 수행자만이 쓸 수 있는 인증이 있다고 알고 있습니다. 그것으로 충분합니다."

"허허……. 네가 그런 것도 알고 있느냐."

"주워들었을 뿐입니다."

물론, 전생에서 귀족의 증표 정도는 숱하게 봐왔던 것이지만.

"알겠다. 그렇게 하도록 하지."

크웰은 고개를 끄덕였다.

카릴은 그의 대답에 나지막하게 입꼬리를 올렸다.

'됐다. 아르딘을 잡은 것에 대한 보상으로는 작지만 이 정도면 괜찮다. 제국을 돌아다니기 위해서 내게 가장 필요한 것은 신분이니까.'

물론, 관문을 지키는 병사들의 눈이야 쉽게 속일 수 있다.

하지만 그가 원하는 것은 공을 쌓는 것. 그러기 위해서는 밝힐 수 있는 신분이 필요했다.

탈칵-

크웰은 품 안에서 무언가를 꺼냈다.

손가락 한 마디보다 작은 청보석이 박힌 장신구였다.

"기사단에 허가된 제국 내의 검문을 통과할 수 있는 인장이다. 내 임무를 수행하는 자에게만 주어지는 것이니 네 신분이 알려질 일은 없을 게다."

'좋아.'

카릴은 그것을 바라봤다.

'게다가 나르 디 마우그의 레어도 동쪽 끝에 있다. 그곳에 가기 위해서는 무조건 황도를 거쳐야 하고 그전에도 많은 관문

을 통과해야 하지.'

아직 잠들어 있을 백금룡(白金龍).

지금 당장 갈 수 없지만 언젠가 신탁이 내려지기 전에 먼저 그를 찾아가리라 생각했다.

'얻을 수 있는 것은 모두 취했다.'

"감사합니다."

카릴이 장신구를 받아들며 고개를 끄덕였다.

"미안하구나."

그런 그를 바라보며 크웰은 나지막한 목소리로 말했다.

그때였다.

"백작님---!!!!!"

복도가 소란스러웠다.

집무실의 문이 열리며 부관이 당혹스러운 얼굴로 숨을 헐떡이며 나타났다.

"무슨 일이냐."

"그…… 그게……."

그는 무슨 말을 하려다가 머뭇거리며 카릴을 바라봤다.

"어서 말하게."

부관은 입술을 깨물며 고개를 숙였다.

"포로가…… 자살했습니다."

그 순간, 카릴은 마치 그 죽음을 기다렸다는 듯 소란스러운 저택의 외침들을 들으며 천천히 복도를 걸었다.

'티렌, 나는 네가 평생 했던 후회를 막아주었고 란돌의 생명을 구해줬다. 이 정도면 너희들도 충분한 보상을 받은 거겠지.'

스스로의 힘으로 쟁취하라.

수많은 전장에서 살아남으며 그가 깨달은 진리.

카릴의 눈동자가 빛났다.

'나는 아무리 작은 공이라도 남에게 거저 줄 생각 없다.'

"그게 무슨 말이야!!!"

"저희도 영문을 모르겠습니다. 보초가 교대하러 왔을 때까지만 해도 괜찮았는데……."

"비켜!!"

크웰은 신경질적으로 소리치며 지하 감옥을 향해 복도를 달리기 시작했다.

"……."

복도에서 달려가는 그를 바라보며 카릴은 담담한 얼굴로 생각했다.

'베이커 녀석, 아주 적절한 시기에 썼군. 끝까지 말을 잘 듣는 놈이라 다행이야.'

괜히 자신이 찾아간 뒤에 바로 죽거나 했으면 조금 곤란할 뻔했다.

'뭐, 그렇다 하더라도 의심을 받진 않겠지만.'

그때는 그때 맞춰 준비한 변명거리들이 충분히 있었으니까. 카릴은 옅은 미소를 띠며 만족스러운 듯 방을 나섰다.

'티렌, 란돌. 너무 아쉬워하지 마라.'

그는 팔짱을 낀 채 생각했다.

'어차피 전생(前生)에서도 밝혀지지 못했던 일이다. 풀지 못했던 첩자의 일을 내가 해결할 수 있다면 제국에도 도움이 되는 일일 테니까.'

"서리뱀 풀입니다."

"……."

거품을 물고 쓰러진 술사를 바라보며 부관의 보고에 크웰은 난감한 표정을 지었다.

"치명상을 입을 독초는 아니지만……. 이 정도 부상자라면 충분히 심장이 멎을 수도 있을 겁니다."

"샅샅이 몸을 수색한 게 맞느냐."

"제가 직접 몇 번이나 했습니다만……. 죄송합니다."

폴헨드는 크웰의 말에 고개를 숙이면서 말했다.

"고개를 들게."

청기사단의 전(前) 부단장이었던 그의 실력을 누구보다 잘 알고 있는 크웰이었기에 더 이상의 질책은 하지 않았다.

"알고 있으니. 자네가 허투루 할 리는 없다는 거."

"첩자들이 비상용으로 가지고 있었다면 충분히 놓칠 수도 있습니다. 게다가 길에서도 흔하게 나는 풀입니다. 압송하는 과정에서 구했을 수도 있고……. 가능성은 여러 가지입니다."

부관도 그를 두둔했다.

"그걸 지금 말이라고 하는가? 길에 난 잡풀이라 하더라도 압송당하는 포로가 그딴 짓을 할 수 있다는 게?"

"죄송합니다……."

크웰의 말에 부관이 고개를 숙였다.

"다만……. 난감하게 되었습니다. 이런 식으로 포로가 죽을 줄은……. 황도에서 곧 사람이 올 텐데 말입니다."

"게다가 도련님들의 첫 공적인데……."

"그건 중요한 게 아니네."

어차피 받아야 할 사람이 받지 못하는 상황이었으니까. 처음부터 찝찝했던 일이었기에 크웰은 차라리 홀가분한 얼굴이었다.

"오히려 포로를 제대로 관리하지 못한 것에 대한 질책을 받겠지."

'특히 제1황자파에서 이 일을 가지고 물고 늘어질 가능성이 높다.'

크웰은 가볍게 입술을 깨물었다.

'그럼, 루온 황자가 가만히 있지 않겠지.'

카릴은 창밖 너머로 분주하게 움직이는 병사들을 바라보며 생각했다.

'그는 뱀 같은 남자니까. 당연히 이 일을 가지고 아버지를 문책하려 할 거야.'

카릴은 나지막하게 중얼거렸다.

"하지만 지금 당장은 아냐."

크웰이 쌓은 공을 생각했을 때 황제가 그를 벌하는 것은 결코 쉬운 일이 아니었다. 게다가 그는 황명을 수행 중이었다.

이번 일은 어찌 본다면 저택에서 일어난 일이니 이단섬멸을 수행하기 위해 출정한 그를 다시 불러들이는 것은 불가능에 가까운 일이었다.

'그리고 아버지는 대륙에 다섯뿐인 소드 마스터 중의 한 명. 제국의 상징과도 같은 사람이니까.'

하지만 황자는 황제가 아니다.

아무리 크웰이 제국에 중요한 사람이라 할지라도 자신을 반대하는 사람이라면 입장이 달라진다. 어떻게든 피해를 주려고 할 터.

'내 기억이 맞다면 아버지는 이번 출정에서 북남부에 있는

메켄 부족과 수르마 부족을 토벌할 것이다.'

크웰이 다시 돌아오기까지는 약 1년.

'어쩌면 다행이다.'

북부의 이민족 중에서도 제법 규모가 큰 그들이었기 때문에 토벌이 쉽지 않아 예상보다 시간이 길어졌었기 때문이다.

다시 생각하면.

'그 기간에 아버지는 안전하다는 말이지.'

그리고 또다시 말하자면.

'내가 루레인 공국의 첩자를 찾아내어 반론의 증거를 준비해야 하는 시간이기도 하고.'

카릴의 눈빛이 빛났다.

'이제 이곳을 정말 떠나야 하겠구나.'

그는 천천히 발걸음을 옮겼다.

매일 지나쳤던 숲길을 따라 도착한 곳은 다름 아닌 아인헤리였다.

철컥-

닫힌 문을 열었다.

너부러진 책들이 어지럽게 쌓여 있었다.

'여기도 더는 보지 못하겠군.'

어째서일까.

그는 떠나기 전, 마지막으로 자신의 삶을 완전히 바꿔놓은 이곳을 들렀다.

단순한 감상에 젖어서일까.

아니다.

카릴은 주위를 천천히 다시 한번 훑으며 아쉬운 듯 생각했다.

'결국, 찾지 못했군…….'

카이에 에시르가 숨겨놓은 또 다른 보물.

어쩌면 욕심일지 모른다. 정말로 그는 용의 심장 하나만을 아인헤리에 남겨놓은 것일지도.

'그것만으로도 엄청난 보물이긴 하지.'

스릉-

카릴은 아그넬을 뽑았다.

날카로운 검날의 소리가 귀를 간지럽혔다.

'생각해 보니 이곳에서 검을 뽑는 것은 처음인가.'

그저 숨겨진 장치가 없을까 뒤지느라 시간을 허비했으니까.

마치 떠나기 전 자신의 변화를 증명하듯 카릴은 천천히 검에 마력을 집중하기 시작했다.

'카이에 에시르, 당신 덕분에 나는 새 삶을 얻게 되었다. 진심으로 감사한다.'

우우우웅…….

검날이 은은한 빛을 띠기 시작했다.

'봐라. 당신이 준 것이다. 평생 가지지 못했던 이 힘. 나는 이 힘으로 세상을 바꿀 것이다.'

다짐을 하듯 카릴은 아인헤리의 책장 앞에 검을 겨누었다.

"……음?"

그때, 그의 시선이 멈추었다.

어둠 속 바닥에 떨어져 있는 무언가.

지금까지 아인헤리를 낱낱이 뒤졌음에도 불구하고 발견하지 못했던 것이었다.

"이건……."

카릴은 자신의 눈을 의심하는 듯 손등으로 비비며 다시 바닥을 바라봤다.

그러나 다시 그가 봤을 때 바닥엔 아무것도 없었다.

'잘못 본 건가.'

카릴은 고개를 갸웃거렸다.

그 순간 불현듯 그의 머리를 스치고 지나가는 생각.

'설마……'

우우우우웅…….

카릴은 다시 검날에 마력을 주입했다. 오러 블레이드가 횃불처럼 주위를 밝힌 순간.

'있다.'

잘못 본 게 아니었다.

조금 전 그가 봤던 바닥에 떨어진 잔해가 다시 보였다.

쓱-

카릴이 그것을 주웠다.

"이건……."

놀랍게도 그건 상자 안에 용의 심장과 함께 들어 있던 타버린 쪽지의 잔해였다.

불꽃을 일으키며 모두 타버렸다고 생각했던 카이에 에시르의 쪽지에 신기하게 세 글자만이 남아 있었다.

[하], [탐], [라]

카릴은 검게 그을린 조각을 바라봤다.

'이거 다 타지 않고 남았던 건가……?'

그럴 리가.

평범한 사람도 아닌 대마도사인 카이에 에시르가 남겼던 쪽지였다. 그가 이토록 허술하게 마법을 걸었을 리가 없었다.

[탐하는 자, 죽음이 두렵다면 포기하라.]

그 순간 카릴의 머릿속에서 아인헤리에서 카이에 에시르가 남겼던 쪽지의 문장이 떠올랐다.

'어째서 지금까지 찾지 못했던 거지?'

그는 자신도 모르게 쥐고 있던 단검을 바라봤다.

꿀꺽-

마른침을 삼켰다.

'설마……. 이게 열쇠였던 건가.'

지금까지 서고에서는 검을 꺼내본 적이 없었다. 아니, 정확히 말하자면 아인헤리 안에서 마력을 발현한 적이 없었던 그였다.

그때였다.

퍼즐을 맞춰지듯 종잇조각들이 천천히 바닥에서 움직이기 시작했다.

"……!!!"

곧, 하나의 문장을 만들었다.

마치 눈에 각인이 되듯 그 글자는 어둠 속에서 선명하게 빛났다.

[탐], [하], [라]

"이게…… 무슨……."

카릴은 자신의 앞에 놓인 글자들을 바라보며 마른침을 삼켰다.

어떻게 해야 하는 걸까.

질문은 무의미했다.

답은 나와 있었다.

처음부터 지금까지 모든 연결 고리는 하나였으니까.

마력(魔力).

"……."

카릴이 손바닥 위에 놓은 종잇조각들을 움켜쥐었다.

바스락-

검을 쥐듯 그가 부서지는 조각들에 마력을 밀어 넣자 놀랍게도 가루들이 퍼져 나가며 영롱한 빛을 뿜어내기 시작했다.

"……!!!"

쿠르르르르르---!!!!

마력이 주입된 종이들이 하늘로 흩날리자 낡은 서고(書庫)의 천장에서 황금빛으로 빛나는 문장들이 마치 펜으로 휘갈기듯 나타나기 시작했다.

'이, 이건…….'

어두운 천장은 만화경(萬華鏡)을 보는 것처럼 분리되었다가 흩어지고 다시 조립되면서 문장들을 잘게 부수었다가 다시 맞추기 시작했다.

카릴의 눈동자가 흔들렸다.

[환영한다. 이방인이여.]

조각조각 나누어졌던 단어들이 합쳐지며 문장이 탄생했다. 카릴은 전혀 예상하지 못한 광경에 입을 다물지 못했다.

[이 글을 볼 수 있다는 건, 네가 용언마력(龍言魔力)을 익혔다는 증거다.]

다시금 천장 위의 글자들이 흩어졌다가 합쳐지며 새로운 문장이 만들어졌다.

[오직 용언마력에만 반응하도록 설계해 놓은 것이니 이곳에서 아무리 다른 자가 마력을 쓴다 한들 소용없는 일이겠지.]

"하…… 하하……."

카릴은 그 말에 어처구니가 없었다.

[인간의 욕심은 때론 성장의 발판이 되는 법. 나는 그런 자를 좋아한다. 용의 심장에 담긴 마력에 취해 다시 이곳을 돌아보지 않았더라면 너는 이걸 찾지 못했을 거다.]

자신의 예상이 맞았다.

이게 끝일 리 없다. 저 괴팍한 마도사는 자신의 보물을 이중으로 숨겨놓았던 것이다.

[내가 치사하다고 생각하나? 너는 결국 내 것을 공짜로 얻으러 온 자다. 오히려 또 다른 안배를 둔 것에 감사히 여겨야 할 터. 강대한 힘이란 절대로 쉽게 얻을 수 있는 게 아니니까.]

'괴짜…….'

250년 전의 이 남자는 단순히 그 말로 표현할 수 없는 이상한 남자가 아닐 수 없었다.

용의 심장을 먹은 자만이 발견할 수 있는 것.

하지만 그것도 단순히 몸 안에 마력을 운용하는 것으로 안 된다.

이곳에서 마력을 외부로 표출해 증명하지 않았더라면 영원히 알아차리지 못할 일이었다.

과연 단순히 우연의 일치일까. 아니면 운명일까.

이토록 까다롭게 조건을 카릴이 통과했으니.

[용의 마력은 순수한 마력이다.]

[대륙 그 누구도 가지지 못한 마력.]

[그 힘을 어떤 식으로 발전시킬지는 나 역시 알 수 없는 일이다. 나 또한 너와 같은 방법으로 마력을 얻지 못했으니.]

[새끼 새가 본능적으로 어미를 찾듯 너는 본능적으로 네가 가장 잘할 수 있는 방법으로 마력을 사용하게 될 것이다.]

'검(劍)…….'

카릴은 천장에 계속해서 새겨지는 글을 바라보며 자신도 모르게 생각했다.

갈수록 정체가 궁금해졌다.

마치 카이에 에시르는 자신을 본 것처럼 확신에 찬 말투로 말하고 있었다.

[하지만 명심해라. 네가 가장 잘하는 방법이 길이되 네가 가장 못하는 것이 진정한 극의를 향하게 할 것이라는 걸.]

'내가 가장 잘하는 것과 가장 못하는 것이라…….'

그의 마지막 말을 되뇌었다.

알고 있다. 마력이 도달해야 할 정점이 무엇인지는.

'마법(魔法)…….'

빛을 뿜어내던 천장의 글자들이 서서히 사라졌다.

마지막으로 위에서 수직으로 떨어지는 조명 아래에 무언가 놓여 있었다.

'언제…….'

자신이 찾지 못했던 걸까.

아니, 애초에 아인헤리에 저런 게 있지 않았다.

천장의 글씨를 읽느라 카릴은 자신의 앞에 작은 상자가 나타났다는 것을 전혀 눈치채지 못했다.

'갈수록 더 사람 놀라게 만드는군.'

탈칵-

상자 안에는 작은 팔찌 하나와 오래전 제국에서 쓰던 금화들이 들어 있었다.

[네가 누군지 나는 모른다. 우연히 이곳을 발견한 이민족일 수도 있고 노예를 쓴 귀족일지도 모르고 혹은 그 귀족을 부리는 왕족일 수도 있겠지.]

카릴은 남긴 쪽지에 자신도 모르게 탄성을 질렀다.

그는 생각하지 못했지만 카이에 에시르는 이미 알고 있었다. 자신이 만든 결계의 조건은 허무맹랑해 보이지만 했지만, 결코 풀지 못하는 것이 아니라는 걸.

일단 상자 안에 있는 팔찌를 꺼내었다.

촤르륵-!!

마치 뱀이 휘감는 것처럼 팔찌는 카릴의 손목에 딱 맞게 조여졌다.

"……!!"

그러자 마력이 차분하게 가라앉는 느낌이었다.

팔찌의 끝에 작은 뱀의 머리가 있었으며 입안에 박힌 붉은 보석이 영롱하게 빛나기 시작했다.

"이건……."

카릴의 눈이 동그랗게 떠졌다.

'탐욕(貪慾)의 팔찌.'

마치 머릿속에 각인이 되는 것처럼 팔찌의 이름이 떠올랐다.

[여기까지 찾은 너에게 한 가지 도움을 주마. 마력을 안정화해 주는 팔찌다. 마력을 빨아 먹는 저주받은 물건이지만 지금 네겐 생명의 은인일 거다. 들끓는 마력혈을 진정시킬 수 있거든. 너, 이따금 가슴 통증을 느끼지 않았나?]

"……!!"

마치 자신의 상황을 알고 있기라도 한 듯 적힌 문장에 카릴은 눈을 동그랗게 떴다.

카이에 에시르의 말에 그는 신기한 듯 자신의 손목의 팔찌를 바라보았다.

[운이 좋다. 만약 이게 없다면 한 달도 채 되지 않아 몸이 용언마력을 감당하지 못해 터져 죽게 되었을 거다. 대마법사도 예외 없이 말이야.]

"허……."

섬뜩한 말을 아무렇지 않게 잘도 했다.

[축하한다. 내가 남긴 이 글을 보고 있다면 넌 살아남았다는 뜻이니까.]

카릴은 자신도 모르게 등골이 오싹해져 이마에 땀이 맺혔다.

'이걸 찾지 못했더라면……. 나 역시…….'

죽었을지도 모른다.

미래를 알고 있기에 자신만만했던 그였다.

'세상은 정말 모를 일투성이군…….'

떨리는 마음을 진정시키기 위해 낮은 한숨을 내쉬었다.

그 순간 적힌 글귀가 다시 바뀌었다.

[5개의 혈맥을 뚫어 4클래스의 마력을 얻게 되면 마법사의 기준이 된다. 8개의 혈맥을 뚫어 7클래스의 마력을 얻으면 대마법사가 될 수 있지.]

마치, 카이에 에시르의 목소리가 들리는 것 같았다.

[나는 8클래스에 도달했다.]

"……."

대마법사 그 이상의 극의(極意).

카릴이 검술에 정점에 도달했던 것처럼.

카이에 에시르는 마법의 정점에 도달했던 유일한 사람일 것이다.

[나를 뛰어넘어라.]

꽈악-

카릴은 자신도 모르게 주먹에 힘이 들어갔다.

[용의 심장을 먹고도 살아남은 녀석이라면 이 정도에 절대 만족하지 마라. 탐욕스럽게 올라가라. 그 누구도 도달할 수 없는 정상에.]

마법의 정점이라 불렸던 유일무이한 8클래스를 뛰어넘을 존재.

어쩌면 카이에 에시르는 그것을 기다렸던 것일지도 모른다.

[한 가지 재밌는 이야기를 해주마.]

글자가 변했다.

[나와 같은 빌어먹을 '것들'이 두 명 더 있다. 역사엔 남아 있지 않겠지. 그놈들은 나보다 더 이상한 '것들'이었으니까. 그게 무엇을 뜻하는지 너라면 알겠지. 운이 좋으면 얻을지도 모른단 말이다. 네가 지금 내 힘을 얻었듯이 말이야. 어쩌면 나를 뛰어넘는 게 진짜 불가능도 아니지.]

'두 명이나 더……?'

카릴은 그의 말에 놀라지 않을 수 없었다.

나르 디 마우그조차도 자신에게 그런 말을 하지 않았다.

그렇다는 건.

'어쩌면 오직 나만이 알고 있는 비밀.'

과연 어떤 것일까. 심장이 두근거렸다.

'카이에 에시르, 너의 말대로 나는 탐욕스럽게 힘을 얻을 것이다.'

250년 전에 태어난 이 위대한 남자도 결코 예상하지 못한 사실.

'검뿐만 아니라 마법까지 말이야.'

그의 입가에 옅은 미소가 지어졌다.

'넌 숨기고 있지만 그 둘뿐만 아니라 네가 숨겨놓은 힘이 있다는 것도 안다.'

염룡의 기억.

대마도사인 그조차 거기까진 미처 몰랐던 거다. 팔찌가 영롱한 빛을 뿜어냈다.

'게다가 이건 분명 인간의 물건이 아니다. 그렇다면……. 역시 드래곤의 것이겠지.'

카릴의 머릿속이 빠르게 회전했다.

'염룡의 레어.'

팔찌의 행방은 당연히 그곳일 것이다.

이미 오래전에 죽은 드래곤이었지만 그의 레어가 발견되었다는 얘기는 듣지 못했다.

'어쩌면 아직도 그대로 보존되어 있을지도 모른다.'

그리고 그 안에 있을 무수한 무구.

'모두 다 얻어주마. 인간과 용이 남긴 모든 것을.'

짜르릉…….

카릴은 상자 안에 가득 들어 있는 금화들을 꺼내었다.

그리고 그 안에는 갖은 색깔의 보석들이 있었다. 카릴은 낯익은 그것들을 보며 자신도 모르게 탄성을 질렀다.

"속성석이라니……. 그것도 가장 높은 순도의 것들뿐이잖아. 전생의 황제도 몇 개 가지지 못한 걸 여기서 보다니……."

[이걸 쓰든 안 쓰든 그건 네 마음이다.]

상자에 적힌 문구.

[하지만 네가 쓰고자 마음먹었다면 아끼지 말고 모두 써버려라.]

"훗……."

얼굴을 보지 않아도 느낄 수 있는 거침없는 그의 말에 카릴은 자신도 모르게 피식 웃었다.

[너는 이곳에서 힘을 얻었고 생명을 얻었으며 재물을 얻었다.]

[그런 자가 이제 못 할 것이 무엇이지? 어디에도 얽매이지 마라. 너는 이제 누구보다 가치 있는 존재다. 자신의 존재성을 확립시키는 것.]

[나는 그것을 자율의지(自律意志)라 생각한다.]

그 순간 카릴은 마치 벼락을 맞은 것처럼 가슴이 찌릿한 기분이었다.

"자율의지……."

갑자기 머릿속이 맑아지는 기분.

[무엇을 지키려 하는가, 어째서 싸우려 하는가, 어떤 것을 얻으려 하는가. 그 모든 물음엔 타인이 아닌 내가 있어야 한다.]

끝까지 오만하고 자신만만한 말투였다.

하지만 그의 말은 마치 자신에게 하는 것 같다.

[마음껏 날뛰어라.]

[지금 너란 녀석이 꿈꾸고 있는 게 뭐지? 이 힘을 가지고 무엇을 할 거냐. 기껏 왕의 충신 노릇이라도 하려는 거냐? 아니면 고작 쥐꼬리만 한 도시를 꾸리는 귀족으로 만족할 셈이냐.]

적혀 있는 문구가 마치 카릴을 질책하는 것 같은 느낌이었다.

[그 누구의 밑에도 있지 마라. 이것이 나 카이에 에시르의 보물을 얻은 자가 해야 할 일이다.]

"하…… 하하하……."

카릴은 웃었다.

갑자기 터져 나오는 웃음을 멈출 수가 없었다.

그는 다시 한번 카이에 에시르가 남긴 말을 곱씹었다.

"그 누구의 밑에도 있지 마라."

제국의 기사가 되고 신탁을 받들고 미래를 바꾼다?

'애초에 나는 첫 단추부터 잘못 생각했다.'

미래를 바꾸려고 친우이자 황제를 죽인 자신이 어째서 지금까지 제국이란 굴레를 벗어나지 못했을까.

'내 몸에 흐르는 피가 무엇인가.'

이민족의 피가 흐르는 자신이 다른 형제들에게 제국의 공적을 주지 않기 위해 포로를 죽였다.

구차하다. 그럴 필요가 없는 일인데.

'어째서 나는 제국에 인정을 받으려고 했던가.'

이 힘을 가졌는데 아직도 제국에 얽매여 싸우려 했던 건가.

왜……??

알 수 없는 답답함이 일었다.

그 이유는.

'이제야 비로소 깨달았다.'

그건 힘도 생명도 재물도 아니었다.

'내가 하고픈 일.'

카릴은 손바닥으로 이마를 짚었다.

그러고는 천천히 아래로 손을 내렸다.

마력을 집중하자 그의 손목에 있는 팔찌가 영롱하게 빛을 뿜어냈다 사라졌다.

전에 느꼈던 마력을 쓸 때의 통증이 없다.

손바닥 아래의 입술이 만족스러운 미소를 머금으며 올라갔다.

'제국이 나를 인정하도록 만드는 거다.'

그의 손길을 따라, 검은 눈동자는 옅은 갈색으로 변했고 칠흑 같은 머리카락은 평범한 금발이 되었다.

누구도 그를 이민족이라 알아보지 못할 것이다.

'바꾸고자 하는 미래에 어째서 제국인들만 존재하는 것인가. 나는 너무나도 당연하게 생각했다.'

이민족과 제국인.

왜 그 둘을 나누어 생각했을까.

자신이 구해야 할 미래에 그 둘 다 존재할 수는 없는 것인가.

'이제야 명확해졌다. 올리번, 너를 만날 때. 나는 너에게 무릎을 꿇지 않을 것이다.'

황제의 아래가 아닌 동등한 시선으로.

'널 마주하겠다.'

파직-!!

품 안에 있던 가면을 발로 밟았다.

더 이상 필요 없다.

'이제 시작이다.'

산산이 부서지는 가면처럼 더 이상 자신을 얽매던 굴레도 부서졌다.

'다시 돌아올 땐 모든 게 바뀔 것이다.'

동이 트기 시작했다.

아인헤리를 나서는 카릴의 모습은 이제와는 전혀 다른 사람이었다.

카릴 맥거번.

그의 진짜 새로운 삶이 시작되다.

▶Chapter 5◀

현 대륙의 구조는 크게 넷으로 나눌 수 있다.

북부, 수많은 부족이 모여 사는 이민족의 땅.

하지만 이들은 하나로 뭉치지 못하고 제각각의 소규모로 나누어져 있어서 큰 힘을 발휘하지 못했다.

그들을 제외하고 거대한 대륙을 삼분하는 실세.

동부, 가장 강력한 힘을 가진 명실상부 대륙의 최강이라 할 수 있는 제국.

서부, 대륙을 군림하였으나 카이에 에시르와 제국에 의해 약화되어 과거의 영광을 되찾고자 하는 루레인 공국.

남부, 이스탄, 트바넬, 펜리아. 소위 이스트리아 삼국(三國)이라 불리는 제국과 공국 사이에 껴 있는 3개의 소왕국.

제국의 힘은 강하지만 루레인 공국과 이스트리아 삼국의

견제로 인해 동, 서, 남 세 곳의 세력은 현재 팽팽한 힘겨루기를 하는 중이었다.

그런 도중에 찾아온 소식.

'루레인 공국의 첩자가 제국에서 수를 부렸다. 그것도 다른 누구도 아닌 제국의 검이라고 불리는 크웰 맥거번의 영토에서.'

이건, 황궁을 발칵 뒤집을 만큼의 사건이었다.

"자넨 어떻게 생각하는가."

하이톤의 목소리지만 말투에서는 제법 무게감이 실려 있었다.

제국의 황실.

그 깊숙한 곳에 정성스럽게 가꿔진 정원에서 곱슬하고 풍성한 금발의 머리카락을 손가락으로 꼬며 한 남자가 말했다.

제1황자 루온 슈테안.

"아직은 아무것도 단정할 수는 없을 듯싶습니다."

"흐음……."

백발이 듬성듬성 보이는 노년의 남자, 재상(宰相), 브린 이니크.

얼굴의 주름은 살아온 세월을 보여주고 있었고 깊이를 알 수 없는 눈은 제국에서 누구보다 뛰어난 혜안을 증명하고 있었다.

혹은, 절대로 속을 알 수 없는 인물임을 말하는 걸지도.

그는 담담한 어조로 말했다.

"하오나……."

"으흠?"

“첩자가 죽어버린 이상 더 이상 내막을 캐는 것은 불가능하겠지만, 그의 관리를 소홀히 한 자에겐 문책을 해야겠지요.”

루온은 브린의 말에 만족스러운 듯 고개를 끄덕였다.

제국에 4명밖에 존재하지 않는 대제후(大諸侯), 공작(公爵).

그중에서도 브린 이니크는 가장 오랫동안 남아 있는 4공작 중 한 명이었다. 그런 사람이 제1황자인 루온을 밀고 있다.

그 사실 하나만으로도 태어날 때부터 자신의 입지는 굳건했고 앞으로도 그러할 것을 루온은 믿어 의심치 않았다.

“첩자를 잡은 게 어린아이라던데.”

“그렇습니다. 크웰 경이 새로이 들인 양자라고 합니다만. 고작 12살밖에 되지 않았다고 하더군요.”

“실로 대단하군. 백작의 안목은 탁월해. 형제가 여섯이랬던가. 그런 자가 다른 마음을 품은 게 아쉬울 따름이지만.”

“걱정하지 마십시오.”

브린 이니크는 나지막한 목소리로 말했다.

“모든 자식이 꼭 아비의 뜻을 따르라는 보장은 없으니까요.”

“우리처럼?”

자조 섞인 웃음이었지만 브린은 루온의 말 속에 숨은 뜻을 알기에 여전히 얼굴에 미소를 머금고 있었다.

“뛰어나다 하더라도 고작 어린아이일 뿐입니다. 저하께서 먼저 손을 내미신다면 어렵지 않으리라 생각됩니다.”

“그래, 고려해 볼 가치가 있는 일이지.”

"다만…… 이상한 점이 하나 있습니다."

"무엇이지?"

"고블린 치프를 잡았다는 백작가의 여섯째는 지금 저택에 없다고 하더군요."

"어째서?"

"글쎄요……. 기사 수행이라도 나간 걸까요. 무가(武家)만의 특별한 수업이 따로 있는 것인지는 모르겠으나 사람을 보냈을 땐 이미 떠난 뒤라고 합니다."

브린 이니크의 말에 루온은 살짝 인상을 찡그렸다.

"포로의 관리야 크웰의 탓이라지만 고블린 치프를 잡은 무공은 치하할 만하다. 가만히 있었다면 분명 황궁에서 상을 내렸을 텐데도?"

'왜지?'

그의 머릿속이 복잡했다.

'크웰은 올리번 녀석의 손을 들어줬다. 분명 여섯째의 공으로 포로 관리를 소홀히 한 죄를 무마시키려 했을 텐데.'

"이상하군."

"좋든 싫든 그는 변방에서 토벌령을 수행해야 합니다. 적어도 수 개월간은 황도에 오지 못하겠지요. 시간을 벌 수 있으니 자신의 공으로도 충분하다는 걸까요."

저택에서 벌어진 일을 알지 못하는 두 사람으로서는 그저 추측할 수밖에 없었다.

"저하께서는 그동안 입지를 굳히셔야 합니다."

"알고 있다."

루온은 고개를 끄덕였다.

'수단과 방법을 가리지 말고 유능한 자를 나의 사람을 만들어야 한다.'

황도에서 가장 세(勢)가 높은 존재.

당연히 4명의 공작.

'그들 중에 의사를 확실하게 표출한 건 재상뿐.'

루온은 브린 이니크를 바라봤다.

나머지 3명의 공작(公爵).

제국 일곱 기사단의 단장 벨린 발렌티온, 궁정마법사이자 세 황자의 스승인 카딘 루에르.

'이 둘은 아직 중립.'

마지막 한 명.

소문만 무성할 뿐 제국 안에서도 그의 얼굴을 본 사람이 없다는 닐 블랑 공작.

'그를 제외하고 결국 제국을 움직이는 자는 이 3명의 공작이다.'

루온이 눈이 번뜩였다.

'그들을 모두 내 사람으로 만들어야 한다.'

빼앗기기 전에.

"후우……."

그는 천천히 눈을 감았다.

광활하게 펼쳐진 제국의 풍요로운 땅과 아름다운 강들이 모두 자신의 발아래에 놓이는 모습을 그려본다.

그때였다.

"인사를 드리고자 왔습니다."

기분 좋은 상상을 무참하게 깨버리는 목소리.

루온은 눈을 떴다.

풍성한 금발의 자신과는 다른 갈색 머리카락. 단정한 얼굴과 황궁 안에서만 지내는 고귀한 황족이라고 생각되지 않을 정도로 그은 피부.

제2황자 올리번 슈테안.

루온은 짜증 섞인 말투로 올리번에게 말했다.

"인사? 네가 내게? 간지럽구나. 그런 겉치레는 서로 신경 쓰지 않았던 것 같은데."

극명하게 다른 두 사람의 외모에서 그들의 몸에 흐르는 피도 서로 다름을 알 수 있었다.

루온은 그를 바라보며 웃었다.

새하얀 얼굴에서 퍼지는 잔잔한 미소는 아름답기 그지없었지만, 그의 눈동자에서 느껴지는 차가운 기운은 분명 날카로웠다.

"제법 오랫동안 황궁을 비울 것 같아서 말입니다."

"또? 너는 정말 밖으로 나돌아 다니는 걸 좋아하는구나. 황족이라면 자고로 품위를 지켜야 하는 것을."

그는 고개를 저었다.
"걱정 말거라. 어차피 네가 있든 없든 궁 안은 지금까지 평온했으니. 앞으로도 말이야."
존재 자체를 부정하는 말.
루온은 올리번을 향해 귀찮다는 듯 손을 저었다.
대화는 고작 몇 마디로 끝났다.
"형님, 노예왕(奴隸王)이라고 들어보셨습니까."
루온의 냉대에도 불구하고 올리번은 여전히 차분한 어조로 말했다.
"몇 년 전부터 노예나 이민족들이 도망치는 걸 도와주던 녀석 말이냐. 이단섬멸령 이후 더욱 문제라 종종 귀에 들렸었지. 왕(王)이라니. 그런 도적놈에게 가당치도 않은 호칭이지."
"그자가 얼마 전 붙잡혔다고 합니다."
"어떻게? 그놈을 잡으려고 아버님께서 특별히 병사를 파견했는데도 애를 먹었는데."
올리번의 말에 루온이 흥미를 보였다.
"글쎄요. 하룬 자작이 그를 체포했습니다. 운이 좋았지요."
"……."
하룬이란 이름이 나오자 루온의 얼굴이 굳어졌다.
"그래서?"
"아닙니다. 그저 형님께서도 아셔야 하지 않나 싶어서."
심드렁한 루온의 반응에 올리번은 묘한 표정을 짓다 고개를 끄덕이며 말했다.

“그런 사소한 일은 내 알 바 아니다. 햇볕이 뜨겁구나. 이만 나는 들어가겠다.”

노예왕이라 자가 어찌 되든 그에게 관심 밖의 일이었다. 다만, 그가 못마땅한 건 달리 있었다.

하룬 자작.

그가 크웰 맥거번과 함께 제2황자를 밀고 있는 기사였기 때문이다.

루온의 말에 다시 한번 고개를 끄덕이는 것으로 인사를 대신하며 올리번은 정원을 벗어났다.

“여전히 쓸데없는 짓을 하는가 보군. 이런 상황에 그런 도적에게나 관심을 갖고.”

그는 못마땅한 듯 목소리를 내리깔며 말했다.

“그러게 말입니다.”

재상 역시 가벼이 웃었다.

품위 있어 보이지만 그건 확실한 비웃음이었다.

‘크웰이나 하룬이나…… 어째서 저런 근본 없는 놈을 선택한 거지.’

내가 아닌 두 번째를.

아무리 생각해도 헛웃음만 나올 뿐 이해가 가지 않았다. 적합한 후계자는 오직 장남인 자신뿐이었는데 말이다.

‘잠깐, 하룬 자작? 그럼, 녀석이 가는 곳이…….’

그 순간, 그는 뭔가 생각이 떠오른 듯 살짝 입술을 핥았다.

"아버님을 뵈러 가야겠다."

"……."

브린 이니크는 그가 이런 표정을 지을 때마다 지금껏 생각지 못한 계획들을 내놓는다는 것을 잘 알고 있었다.

그의 계획의 내용은 모두 다르지만, 똑같이 잔인한 것들이었다.

"후우……."

가을이 다가옴에도 불구하고 아직 한낮의 태양은 따가웠다.

카릴은 가볍게 이마의 땀을 훔치며 뒤를 바라봤다.

맥거번 영토의 끝자락.

조금만 더 걸으면 정말 다른 세상의 시작이었다.

'지금쯤이면 한바탕 소란이 났겠지. 아닌가? 내가 사라지는 정도는 별 의미가 없는 걸지도 모르지.'

그는 쓴웃음을 지었다.

하지만 이미 맥거번가(家)의 여섯째의 존재가 변방에서 수천 킬로 떨어져 있는 황도의 황자들의 입에 오르내리고 있을 거라곤 그도 예상하지 못했다.

단 한 번의 공적으로 그는 누구보다 강한 인상을 심었다.

'이제부터 내가 해야 할 일.'

첫 번째, 반년 안에 루레인 공국 첩자의 증거를 찾는 것.

'이건 천천히 생각해야 한다. 베이커가 자백한 정보도 결국은 가지가 알고 있는 수준의 것뿐이니까.'

두 번째, 고위급 마법을 배우는 것.

'아인헤리에 있는 마법서는 결국 1, 2클래스의 저급 마법뿐. 아직 혈맥을 뚫지 못했지만, 탐욕의 팔찌 덕분에 이제 몸 안에 마력을 운용할 수 있다.'

기반은 다져졌다.

하지만 결국 더 높은 클래스의 마법을 배우기 위해서는 혈맥을 뚫는 법을 알아야 했다.

'대륙에서 마법을 익힐 수 있는 곳은 두 곳.'

여명회가 있는 상아탑과 불멸회가 관장하는 안티홈 대도서관.

두 마법회의 성격은 극명하다.

'황실과도 관계가 깊은 여명회는 단순한 마법사가 아닌 전투마법사를 기르는 마법회.'

제국의 4공작 중 한 명.

궁정마법사인 카딘 루에르 역시 이 상아탑 출신의 대마법사였다.

'반면 오직 마법만을 연구하는 불멸회(不滅會).'

흑마법사 나인 다르혼.

그가 수장으로 있는 이곳은 전투보다는 마력의 탐구와 저

주술에 특화되어 있지만 대도서관이라는 명성에 걸맞게 대륙에서 가장 많은 마법서를 보유하고 있기도 했다.

'문제는 두 곳 다 지금 당장 내가 갈 수 없다는 것.'

두 곳의 마법서 모두 오직 자신들에게 소속된 마법사에게만 허락되기 때문이다.

'하지만.'

그 두 곳 말고 딱 한 군데.

'마법서를 구할 수 있는 곳이 있다.'

카릴은 천천히 고개를 들었다.

푸른 바다가 유리를 뿌린 것처럼 반짝이고 있었다.

'나르 디 마우그의 레어.'

게다가 그라면 인간과 다른 자신의 막힌 혈맥을 뚫을 수 있는 방법도 알지 모른다.

'하지만 이 역시 지금은 불가능하다.'

일단 거리가 너무 멀다.

육로를 통해 간다면 최소 1년은 걸릴 거리.

'그사이에 대륙에는 많은 사건이 일어난다.'

그 중심에 자신이 있어야 했다.

'게다가 녀석은 아직 잠들어 있을 테고 주변에 레어를 지키는 파수꾼들조차 지금 내 실력으론 감당할 수 없는 상황이니까.'

그렇다면 마지막, 아인헤리를 나올 때 했던 하나의 결의.

제국을 위한 공이 아닌 대륙을 위한 공을 세우고 당당히 자신의 이름을 알리는 것.

'그것을 이루기 위한 발판.'

거점(據點).

저 멀리 바다가 보였다. 정박되어 있는 수많은 배가 눈에 들어왔다.

'대륙에서 유일하게 왕이 없는 도시.'

훗날 이단섬멸령이 철회되고 살아남은 이민족들의 성지가 된 유일한 땅.

자유도시(自由都市), 타투르.

'그곳을 얻는다.'

카릴의 눈이 빛났다. 그는 천천히 발걸음을 옮겼다.

"흐음."

카릴은 품 안에 있던 주머니를 꺼내봤다.

움직이기 위해서는 어쨌든 자금이 필요했다. 주머니 안에는 아인헤리에서 얻은 카이에 에시르의 보화가 담겨 있었다.

하지만 그는 그것을 다시 집어넣고는 또 다른 작은 주머니 하나를 꺼냈다.

저택을 빠져나올 때 가져온 것이었다.

카릴은 옅은 미소를 띠었다.

짜르릉-

펼쳐보자 그 안에도 금화가 있었다.

하지만 아인헤리에 있던 주머니에 들어 있던 금화와는 묘하게 달랐다.

카이에 에시르가 살던 시대에 있던 옛 제국의 금화는 그 자체로도 값어치가 있었지만 사용하기 위해서는 보석상에 팔아야 했다.

마음껏 그것을 쓰라고 했지만 지금의 카릴에겐 아무래도 제약이 있었다.

12살의 꼬마가 상점에서 거래하기엔 과한 물건이 아닐 수 없었다.

"엘리엇이 비상금을 숨겨놓는 곳이 달라지지 않아서 다행이야."

몰락한 상인의 아들이었기 때문일까.

셋째인 엘리엇은 불같은 성격과 돈에 대해 애착을 넘는 집요함이 있었다. 이따금 크웰이 자식들에게 용돈을 주거나 하면 엘리엇은 꼭 쓰지 않고 작은 금고에 넣어두었다.

"나중에 상단을 꾸리겠다는 꿈은 어차피 전쟁이 터지고 나면 이룰 수 없으니까……. 이 돈은 못 쓰잖아. 그래도 빌린 돈은 꼭 갚으마."

카릴은 일단 저택에서 멀지 않은 마을에서 말을 한 필 샀다.

자신을 향해 환호했던 백성들이었지만 고블린 토벌 때엔 가면을 쓰고 있었기에 그를 알아보는 사람은 아무도 없었다.

저택을 나서는 순간 그는 가야 할 목표를 이미 세워뒀다.

'최종 목적지는 타투르지만 그곳에 가기 위해서 들려야 할 곳이 있지.'

항구 도시, 피아스타.

저택에서 말로 보름 정도를 달려야 하는 곳이기 때문에 카릴은 넉넉하게 먹을 것과 필요한 물품을 사기 위해 마을을 둘러보고 있었다.

"자자, 새로 들어온 가죽입니다!"

"맛 한번 보시죠!"

과일을 든 상인에서부터 여러 가게가 즐비한 크웰령 소속의 마을은 크지는 않았지만 제법 활기찼다.

'고블린이 깔끔하게 소탕이 돼서 다행이야. 그렇지 않으면 아마 여긴 녀석들에게 쓸려 사라졌을 테지.'

전생에 이곳은 폐허였다.

환하게 웃고 있는 저들도 시체가 되었을 것이다.

카릴은 회귀 이후 처음으로 자신이 만든 결과에 만족스러운 듯 흐뭇한 표정을 지었다.

와그득-

그러고는 가판에 놓여 있는 사과 하나를 가볍게 깨물면서 주위를 바라봤다.

'이렇게 자유롭게 제국을 돌아다녀 본 게 언제였지. 어쩌면 처음일지도 모르겠네.'

카릴을 새삼 마법의 위대함에 대해 느끼는 중이었다.

그때였다.

"다들 비키시오!! 빨리 길을 터요!!!"

마을 입구에서 한 남자가 숨을 헐떡이면서 길목에서부터 소리쳤다.

상인과 마을 사람들은 무슨 영문인지 몰라 어리둥절했다. 카릴이 마지막 한 입을 털어 넣으면서 남자가 달려온 방향을 바라봤다.

순간 그의 눈동자가 번뜩였다.

그러자 카릴의 시야가 확대된 것처럼 선명해지더니 저 멀리 일대의 무리가 달려오는 것이 보였다.

사람들은 무슨 일인지 몰라 어리둥절하며 웅성거릴 뿐이었다.

두두두두……!

이내 곧 말발굽 소리가 요란하게 울렸다.

선두에 선 깃대의 문양을 보자마자 사람들은 황급히 주위를 치우기 바빴다.

'저건 분명…….'

카릴의 눈이 살짝 찡그려졌다.

히이이잉---!!

고삐를 잡아당기자 말이 두 발을 위로 치켜들며 멈춰 섰다.

"이보게, 물을 좀 얻을 수 있을까."

"네, 넵. 물론입죠."

선두에 선 기사가 투구를 벗으며 땀을 닦았다. 상인은 다락에서 가장 좋은 집기를 꺼냈지만 어쩐지 망설이고 있었다.

"상관없네. 물을 마실 수만 있으면 그만이니."

젊은 기사는 가볍게 웃었다.

카릴은 그를 바라보며 눈을 흘겼다.

'제국 일곱 기사단 중의 하나인 려(綟)기사단이잖아? 뒤늦게 저택으로 가는 건가. 하긴……. 아버지의 성격이라면 마도구로 일단 첩자가 죽은 것부터 보고했을 테니까.'

하지만 이상했다.

루레인 공국의 첩자인 베이커가 죽은 것은 고작 하루밖에 지나지 않았다.

'저들은 동쪽 경계를 맡고 있는 기사단일 텐데……. 아무리 보고를 받았다 하더라도 이렇게 빨리 올 순 없을 터.'

카릴은 기억을 더듬어 보았다.

하지만 전생에 려(綟)기사단이 저택을 방문했었던 적은 없었다.

'있었다면 확실하게 기억하고 있을 테니까.'

상인이 건넨 물바가지를 아무렇지 않게 들이켜고 있는 한 기사를 바라봤다.

남자임에도 불구하고 선이 매끄러워 아름다움과 고풍스러움이 느껴졌다. 성직자를 해도 될 정도로 얼굴에서 선함이 보였다.

그리고 그 모습만큼이나 귀족임에도 불구하고 백성들과 허물없이 지내는 몇 안 되는 귀족 중 한 명.

젊은 나이임에도 불구하고 려기사단의 부단장 자리에 오른 나르일 남작.

'성품만큼이나 외모도 준수해서 영애들에게도 인기가 많았고 말이야.'

그 성품으로 신탁이 내려진 뒤.

황궁으로 소집되었던 당시 이민족이었던 자신을 스스럼없이 대해주기도 했다.

'저런 순수한 얼굴을 하고서 전장에서는 악귀처럼 변한다는 걸 여자들이 알까 몰라. 뭐, 실력도 출중하고 곧 단장에 오르겠군.'

첫 신탁전쟁 때를 떠올리며 카릴은 자신도 모르게 피식 웃었다.

카릴의 생각을 증명하기라도 하는 듯 그의 등에는 외모와는 어울리지 않는 커다란 배틀 액스가 단단히 메어 있었다.

'그런데 왜 저리 급하게 가는 걸까.'

제국의 일곱 기사단은 당연히도 제1황자파와 제2황자파로 나뉘게 된다.

청기사단의 단장인 크웰이 올리번의 손을 들어준 것 때문에 그들이 급속도로 편이 갈리게 된 것이다.

'아직은 중립을 지키고 있지만 려기사단 역시 올리번의 편이

다. 어쩌면 내가 모르는 다른 계획이 있었던 건가.'

카릴은 다시금 말을 모는 나르일을 바라보며 살짝 입맛을 다셨다.

'쫓아가 볼까?'

호기심이 일었지만 이내 곧 고개를 저었다.

'아니다. 지금 당장 내가 할 수 있는 일은 적어. 괜히 끼어들었다가 문제를 일으키는 건 좋지 않아.'

만약 지금 려기사단의 움직임이 대륙 역사에 큰 영향력을 끼쳤었다면 카릴의 기억 속에 남아 있었을 것이 분명하다.

게다가 후에 자신과 만났던 걸 생각하면 나르일이 죽거나 다치는 일도 없을 것이다.

'뭐, 그래도 이런 식으로나마 보니까 반갑긴 하네.'

그러고는 떠난 그의 뒷모습을 잠시 물끄러미 바라봤다.

카릴은 대수롭지 않게 생각했다. 아주 조금 자신의 미래가 바뀌었을 뿐이었으니까.

그것이 어떤 나비효과가 되어 돌아올지는 아무도 몰랐다.

피아스타.

사람들의 왕래가 잦은 항구 도시는 분주했다.

"후우."

오랜 시간을 말을 몰아 겨우 도착한 그는 여독을 풀기도 전에 한 곳을 들렀다.

카릴은 감회가 새롭다는 얼굴로 주위를 둘러보았다.

활기 넘치는 사람들의 모습. 도시의 분위기는 좋았지만 카릴은 난데없이 찬물을 맞은 것 같았다.

"안 됩니다. 절대 안 돼요."

"……."

끼릭- 끼릭-

카릴의 굳은 얼굴처럼 불어오는 바람에 가게의 간판이 무심하게 흔들렸다.

<상인 조합>

간판의 이름을 다시 한번 바라봤다.

대륙을 관통하는 포나인 강과 바다가 만나고 있는 곳에 위치한 피아스타는 규모는 작았지만, 입지적 특성 때문에 대륙에 존재하는 상인들 대부분이 이곳을 들린다 하더라도 과언이 아니었다.

카릴이 이곳을 찾은 이유는 단 하나였다.

마흔 대가 넘는 짐 마차가 일렬로 서 있는 모습이 장관인 상인 조합은 명실공히 대륙의 모든 정보가 집중되는 정보의 장이었다.

"상단이 길을 떠나지 않겠다니. 일을 하지 않을 생각으로 들리는데."

"손님, 길도 길 나름이죠."

번뜩이는 가죽 튜닉을 입고 있는 남자는 손사래를 치며 카릴에게 말했다. 짧게 자른 머리를 쓸어 넘긴 그는 카릴을 슬쩍 훑어보며 고개를 돌렸다.

어린아이에게 신경을 쓸 겨를이 없다는 듯 그는 선반에 있는 짐들을 정리했다.

"여기에 라바트 길드가 없는가?"

카릴은 그의 태도에 살짝 인상을 찡그리며 되물었다.

"제가 항구에서 터를 잡은 것만 15년입니다. 아까도 말씀드렸지만 그런 길드는 없습니다."

"……."

"상인 조합은 여기 말곤 없습니다. 손님께서 말씀하신 루트로 가는 상인은 아무도 없습니다. 아니, 저희 말고 도시 어디에 물어도 안 갈 겁니다."

남자는 더 이상 할 말이 없다는 듯 쌓여 있는 상자들을 나르기 시작했다.

'이상한데…….'

그 순간, 카릴은 시간을 더듬어 보았다.

'아직 시기가 안 된 걸까.'

자신이 이곳을 찾은 건 확실히 전생(前生)보다 수년은 빨랐으니까.

'난감한걸.'

그가 가고자 하는 곳은 위험한 던전도 숲도 아니었다. 그럼에도 불구하고 그 누구도 그곳을 가는 사람이 없었다.

이곳에서 포나인이라는 거대한 강을 따라 배로 이동하다 보면 보이는 운하(運河).

'그 뒤에 있는 자유도시(自由都市).'

타투르.

그곳이 바로 대륙에 첫발을 내디딘 카릴의 첫 목적지였다.

"목숨이 열 개라도 무법항에 정박하려는 사람은 없을 겁니다."

남자는 확신에 찬 목소리로 말했다.

그러자 그의 주변에 있던 다른 상인들도 부정하지 않는 듯 낮은 신음과 함께 고개를 끄덕였다.

포나인 강의 끝에 위치한 타투르는 대륙의 그 어떤 왕국과도 다르다. 아니, 왕국이라 할 수 없다.

'그곳은 대륙에서 유일하게 왕이 없는 도시. 그렇기 때문에 자유도시라는 이름으로 불리지만 자유란 반대로 법도 질서도 없다는 걸 의미하지.'

카릴이 그런 무법천지에 가려고 하는 이유는 두 가지였다.

'정보(情報)와 거점(據點).'

대륙을 관통하는 포나인 강의 가운데에 있는 타투르는 지금은 불모지지만 시간이 흘러 뱃길이 열리게 되면서 온갖 물자와 함께 대륙의 모든 소식이 움직이는 곳이 된다.

그가 필요한 모든 것이 그곳에 있었다.

"무슨 사연인지는 모르겠지만 포기하쇼. 어린 나이에 일찍 죽고 싶지 않다면 말이야."

"그럼, 그럼."

"거길 건넌다고? 말이 안 되는 소리지."

상인들의 낮은 웃음소리에도 불구하고 카릴은 고민을 하는 듯 쉽사리 걸음을 떼지 못했다.

이유는 간단했다.

타투르는 육로로 갈 수 없는 곳이다. 오직 포나인 강을 따라 올라가거나 뒤편에 있는 운하를 타고 내려가야만 한다.

즉, 무조건 배로 움직여야 한다는 뜻이었다.

그리고 그곳에 있는 자유도시로 들어갈 수 있는 유일한 항구.

무법항(無法港).

타투르의 왕은 없지만 항구의 주인은 존재한다.

포나인의 금사자(金獅子)라 불리는 큐란.

그렇기 때문에 실질적으로 타투르의 주인을 사람들은 그라고 생각했다.

하지만 상인들이 겁을 내는 건 무법항의 주인인 큐란이 해적이기 때문이 아니었다.

'공물을 바치면 그 누구도 받아들여 준다.'

그것이 일국의 큰 죄를 지은 역적이라도 혹은 이단섬멸에

쫓기는 이민족이라 할지라도 말이다.

'뭐……. 그딴 녀석에게 줄 공물 따윈 없지만.'

하지만 그건 도착해서의 일이다.

그 이전의 진짜 문제는 타투르에 도착할 수 있느냐 없느냐 하는 것이었다.

'강에 포진되어 있는 몬스터들.'

그중에서도 수왕(水王)이라 불리는 거대한 서펀트는 제국에서도 처리하지 못한 골칫거리였다.

하지만 이것도 문제가 아니다.

설령, 수왕(水王)을 만난다 하더라도 피할 수 있는 방법이 있으니까.

'항로가 개척되지 않은 걸 봐서는 아직은 금사자 녀석만 이 방법을 독식하고 있겠지.'

그가 무법항의 주인이 될 수 있었던 이유도 그 때문일 테니까.

그렇다면 진짜 문제는 무엇인가.

'포나인 강에서 타투르로 이어지는 급류(急流).'

강이라고 불리기엔 너무나도 큰 포나인은 해류라고 해도 될 만큼 조류가 거세다.

'다리에 흐르는 두 개의 혈맥까지만 뚫려도 플라이(Fly) 마법을 쓸 수 있을 텐데…….'

강대한 마력을 가지고 있지만 그걸 제대로 쓸 수 없는 상황이 아쉬웠다.

탐욕의 팔찌 덕분에 마력은 안정화되었지만 혈맥이 뚫리지 않았기 때문에 그는 아직 마법을 제대로 쓰지 못했다.

'라바트 길드의 마스터, 수안 하자르.'

카릴이 상인 조합을 찾은 이유는 그 때문이었다.

그가 최초로 포나인의 조류를 분석해서 타투르와의 수로를 개척한 사람이었다.

마법 같은 조타술과 무모에 가까워 보이는 직감은 카릴의 생애에서 지금까지 봐왔던 그 어떤 항해사보다 뛰어난 자였다.

'게다가 육지, 해상 할 것 없이 전투도 탁월했지. 솔직히 상인으로 남기에 아까운 인물이었다. 그의 부하들은 웬만한 군대보다 더 뛰어났으니까.'

노도와 같은 그의 함선과 질풍처럼 빨랐던 그의 상단은 그들만이 알고 있는 루트로 빠른 기습을 감행하였다.

덕분에 신탁이 내려진 후 수많은 업적을 남겼다.

'해도 전쟁, 바르카 사막전, 잊혀진 수로 사원 공략까지…….'

올리번의 황제 즉위 이후.

대륙에서 일어난 크고 작은 사건들 중에 그를 빼놓고 생각할 수 있는 것들이 없을 정도였다.

그 때문에 올리번은 그에게 백작 직위까지 수여하려 했었다.

'하지만 무슨 이유에서인지 그는 끝까지 거절했었지. 어쩐지 군에 대한 얘기를 할 때마다 치를 떠는 모습이었어.'

카릴이 그를 처음 만난 건 15살이 되던 해.

지금으로 3년 후였다.

'그때 그가 길드 마스터였으니 적어도 라바트 길드 정도는 존재할 거라고 생각했는데…….'

전생(前生)의 그는 신탁(神託)이 있기 전, 15살이 될 때까지 대부분의 시간을 저택에서 보냈었다. 어찌 보면 그에겐 3년의 공백이 있는 것과 다름없었다.

예상치 못한 일이었다.

그를 만났을 때만 하더라도 라바트 길드는 황도에까지 이름이 날 정도로 거대한 길드였기 때문이다.

그런 길드가…….

고작 3년 안에 성장한 신흥 길드일 줄이야.

카릴은 인상을 찡그렸다.

'대체 올리번은 어디서 그를 발견한 거지.'

안타깝지만, 알 수 없다.

'생각지 못한 일에 발목이 잡힐 줄이야.'

그는 입술을 깨물었다.

'어쩔 수 없이 금사자 녀석이라도 교섭을 해봐야 하나.'

하지만 이내 곧 고개를 저었다.

"음?"

그때였다.

'……뭐지?'

거리가 소란스러웠다.

'기사?'

거리의 사람들이 일제히 양옆으로 벌어졌다.

"모두 비켜라!"

선두에 선 병사가 소리쳤다.

카릴은 중앙에 서 있는 화려한 갑옷을 입은 남자를 바라봤다.

부리부리한 눈매와 수염을 덥수룩하게 기른 그는 고개를 숙인 사람들에겐 눈길도 주지 않고 앞만 바라보고 있었다.

'하룬 자작이잖아?'

낯이 익은 얼굴이었다.

피아스타에서 제법 떨어진 곳에 영지를 가지고 있는 그는 약 1천 명의 사병을 이끌고 있는 무인이었다.

'저자가 어쩐 일이지.'

항구 도시인 이곳은 국경과 거리가 있었다.

그는 국경을 수비하는 발사르가(家)와 맥거번가(家)를 보좌하는 임무를 맡고 있었다.

"저 사람인가?"

"그렇겠지. 꼴좋다. 그러게 미쳤다고 이민족들을 돕긴 왜 도와?"

"저런 놈은 당장 벌을 받아야 해!"

사람들이 수군거렸다.

카릴은 그들의 대화에 귀를 기울였다.

'이것 참…….'

병사들 사이에 엉망이 된 얼굴로 두 팔이 포박된 채로 걸어가는 몇몇 사람들.

"빨리 걸어!!"

퍼억---!!

하룬 자작의 옆에 있던 부관이 검집으로 있는 힘껏 죄수의 머리를 내려치자 그는 비명도 지르지 못하고 힘없이 미끄러지듯 쓰러졌다.

"모두 고개를 숙여라!! 이놈들은 대역 죄인이다!! 눈도 마주칠 생각하지 마라!!"

그의 엄포에 사람들은 더욱더 허리를 숙였다.

"허억…… 허억……."

쓰러진 죄수가 가쁜 숨을 몰아쉬었다.

"……."

카릴은 자신의 앞에서 일어서지도 못하고 어깨를 움찔거리는 그를 바라봤다.

'이것 참…….'

뭐라고 표현을 할 방법이 없었다.

황당하다. 아니면 운명이라고 해야 할까.

'내가 당신을 찾고 있긴 했지만…….'

카릴의 눈빛이 빛났다.

"일어서!!"

바닥에 쓰러진 죄수를 병사들이 일으켜 세웠다.

그의 눈이 카릴과 마주쳤다.

'이런 식으로 만날 거라곤 상상도 하지 못했는데.'

카릴은 포박당한 채로 걸어가는 남자를 바라보며 눈을 흘겼다. 오만가지 생각이 머릿속에 뒤엉켰다.

'수안 하자르.'

……그가 수배범이라니. 이건 과거를 거슬러 온 카릴조차도 전혀 예상하지 못한 일이었다.

'도대체 내가 모르는 이 3년간…….'

무슨 일이 있었던 거지?

생각을 정리할 필요가 있었다.

'내 기억이 맞다면 올리번은 신탁이 내려지고 난 후, 공국 점령 급습 작전을 시행하기 위해 타투르로 가는 해로를 탈 수 있는 그를 소개해 줬었다.'

꽤 호인이었던 얼굴과 다부진 체구 때문에 그와의 첫 만남을 기억하고 있었다.

'기사단에 잡힐 정도의 범죄자가 어떻게 이곳에서 길드 마스터가 될 수 있었지?'

이상했다. 하지만 그보다 더 중요한 것은 자신이 알고 있는 사람 중 유일하게 타투르로 갈 수 있는 능력을 가진 남자라는 것이었다.

'어차피 이곳에서 죽을 남자는 아니다.'

카릴은 마음을 잡았다.

'그렇다면 그 목숨, 내가 빌리마.'

천천히 고개를 들었다.

그가 잡혀간 언덕 위에 화려한 저택을 바라보며 카릴은 생각했다.

결행(決行)은 밤으로 정했다.

언덕 위 저택. 그곳은 피아스타의 관리자, 레이지 남작의 것이었다. 상인 출신인 그는 무예와는 동떨어진 남자지만 항구 도시의 상인 조합을 이끌던 수완가였다.

무역으로 쌓아 올린 부.

레이지 머틀은 평민에서 귀족이 된 몇 안 되는 사람 중의 한 명이었다.

저벅- 저벅- 저벅-

항구 도시의 가장 높은 언덕에 있는 호화로운 저택의 불이 화려하게 켜져 있었고 문마다 경비병들이 빼곡하게 배치되어 있었다.

'하룬 자작을 접대하느라 정신없나 보군. 하긴 그라면 이 기회를 놓치지 않겠지.'

카릴은 어둠 속에서 그 모습을 바라봤다.

'뛰어난 안목으로 계급을 떠나 제국에서 다섯 손가락 안에 드는 부를 축적한 자였다.'

다만, 그 훌륭한 눈도 마지막 한 수를 어긋나게 됐다.

'제1황자를 후원한 것.'

카릴은 경비병들이 서 있는 곳 뒤편을 바라봤다.

'돈을 주고 산 직위. 그렇기 때문에 그는 사람을 믿지 않는다. 단단히 경비를 세웠음에도 불구하고 만일의 상황을 대비해서 도망갈 구멍을 만들어놨거든.'

그 불안감이 오히려 철옹성 같은 저택에 틈을 만들었다는 것을 레이지 남작은 몰랐다.

'올리번의 명으로 녀석이 몰래 빼돌린 세금과 부당 이익을 취했던 장부를 찾기 위해 잠입했었던 게 이런 식으로 도움이 되는군.'

카릴은 기척을 숨긴 채 저택의 뒤편으로 돌아갔다.

경비병의 눈을 피해 언덕에서 아래로 쭉 내려가자 아무도 없는 숲길이 나왔다.

바스락- 바스락-

그는 익숙한 듯 자연스럽게 길이 없는 숲을 헤쳐 나가기 시작했다.

털컥-

손에 무언가 잡혔다. 숲과는 어울리지 않는 녹이 슨 손잡이였다.

'역시.'

카릴은 가볍게 입꼬리를 올렸다.

'있다. 여기를 발견한 것도 수년 뒤였지만 저택이 만들어진 건 훨씬 더 전이니까. 이건 내 기억과 다르지 않군.'

그는 주위를 한번 훑어보았다.

예상대로였지만 숲에는 그 누구도 없었다.

'정면으로 들어가는 것도 불가능한 건 아니지만 감옥을 경비하고 있는 건 저택의 어중이떠중이들이 아닌 하룬 자작의 병사들일 테니까.'

조심해서 나쁠 건 없다.

게다가 하룬 자작은 소드 마스터까지는 아니지만 오랜 경험을 통해 제법 감이 좋은 기사였으니까.

'충직한 자다. 외골수 같은 그 성격만 아니었다면 좀 더 오래 살아남았겠지만.'

카릴은 조용히 풀숲 안쪽에 있는 낡은 문을 열었다.

까마득한 어둠 속에 계단이 보였다.

바닥에 흐르는 악취(惡臭). 그건 다름 아닌 피아스타 전역을 관통하는 거대한 하수구였다.

그리고 저택과 이어지는 통로이기도 했다.

'황궁도 아닌데 이렇게 미로처럼 수십 개의 갈림길을 만들어놓은 비상구라니.'

그가 생각해 놓은 명단에 레이지 남작은 없었다.

'이것만 봐도 그자의 그릇을 알 수 있다.'

카릴은 코를 가리고는 천천히 계단을 내려갔다.

세엑…… 세엑…….

낮은 숨소리가 들렸다.

엉망이 된 얼굴은 시간이 지날수록 더욱 퉁퉁 부어올라 이제는 누군지도 알 수 없을 지경이었다.

"빌어먹을……."

온몸이 쑤셔 제대로 움직일 수가 없었다.

'내가 미쳤지. 무슨 부귀영화를 누리겠다고 이딴 일을 하겠다고……. 내가 성인군자도 아니고 말이야.'

"아니지. 부귀영화를 누릴 거면 하질 말았어야지. 수안 하자르, 이 멍청한 녀석아. 클클클……."

낮은 웃음소리가 창살 안에서 들려왔다.

"어이, 조용히 하지 못해!!"

보초를 서고 있던 병사가 그의 말에 소리쳤다.

수안은 이를 악물었다. 뒤로 묶인 족쇄를 이리저리 움직이며 그는 자신의 몸을 살폈다.

'그래도 어디 베인 곳은 없고. 부러지지도 않았으니 불행 중 다행인가.'

어깨가 시큰거렸지만, 이 정도면 양호했다.

'어디…… 도망쳐 볼까.'

옷깃 사이로 작은 쇠바늘 하나가 번뜩였다.

마치, 그는 이런 일이 익숙한 듯 혀로 입술을 살짝 핥으며 능숙하게 자물쇠를 풀기 시작했다.

탈칵-

그때, 수안의 손이 멈췄다.

자물쇠가 풀린 것이 아니었다. 그건 지하 감옥의 문이 열리는 소리였다.

"……충성!!"

조금 전 수안을 향해 소리쳤던 병사가 떨리는 목소리로 외쳤다.

"당신이군."

"……!!!"

수안은 아무 말 하지 않고 천천히 고개를 들었다.

그의 눈동자가 놀란 듯 커졌다.

"……!!!"

그리고 또 한 명.

천장의 틈 사이로 이 광경을 지켜본 자 역시 마찬가지였다.

'말도 안 돼…….'

지하 수로를 통해 저택 안으로 들어온 카릴은 심장이 멎을 것 같은 기분이었다.

만약 그가 수안을 구출하고자 마음을 먹지 않았더라면 절대로 모를 일이었으니까.

"만나보고 싶었다."

어둠 속에서 들리는 목소리. 어찌 잊을 수 있겠는가.

억겁(億劫)의 시간을 지불하고 돌아온 지금도 그의 목소리만큼은 생생하게 자신의 귓속에 남아 있었으니.

'올리번……?!'

자신의 손으로 죽인 황제.

아니, 그 이전에 함께 수라장을 이겨냈던 친우(親友).

피를 머금고 쓰러지던 그때와 다른 앳되고 총명한 눈빛이 반짝였다.

'어째서 네가 여기에…….'

모든 것이 의문투성이였다.

당연히 황실에 있을 것이라고 생각했던 그가 변방이라 할 수 있는 항구 도시에 있을 줄이야.

우연인가? 그럴 리 없다.

그렇다면 이유는 단 하나.

'황제가 아니라 올리번이 그를 체포했다는 말인가.'

"……."

카릴은 숨을 죽이고 둘을 바라봤다.

"수안 하자르, 아니……."

하지만 올리번의 입에서 흘러나오는 뒷말은 더욱 충격적인 것이었다.

"노예왕(奴隷王)."

"노예왕이라니……. 무슨 시답잖은 소리를 하는지 모르겠군."

수안은 퉁퉁 부은 얼굴로 콧방귀를 뀌며 말했다.

"글쎄. 어감이 좀 그렇긴 하지만 이민족들에게 그렇게 불린다던데. 아버님의 이단섬멸령이 있기 전부터 제국인들에게 잡힌 노예들을 타투르로 도주시켜 자유를 찾아준다는 소문 때문에 말이야."

카릴은 그 말에 살짝 눈을 가늘게 떴다.

'수안 하자르가 그 소문만 무성했던 노예왕이었다?'

제국의 이단섬멸령이 내려지기 전에도 제국인과 이민족의 싸움은 계속되었었다.

포로로 잡힌 이민족들 중 살아남은 자들의 대부분은 귀족의 노예가 되었다.

신출귀몰한 솜씨로 그들을 빼돌려 북부로 돌려보내거나 자유도시인 타투르로 보내던 한 사람.

'더욱이 이단섬멸령이 시작되고서 엄청난 기세로 사람들의 입에 올랐던 인물.'

바로, 노예왕(奴隸王).

'이민족의 영웅.'

하지만 어느 날 갑자기 그는 종적을 감추고 완벽하게 사라졌다. 마치 존재 자체가 사라진 것처럼.

'……!!'

카릴은 눈을 동그랗게 떴다.

'그런가. 그렇게 되는 건가.'

번뜩이는 생각에 그는 천천히 고개를 끄덕였다.

'노예왕이라 불리며 한 세력을 구축할 만큼 위세가 대단했던 그가 사라진 건 정확히 이단섬멸령이 없어지고 나서였다.'

그는 유명세에 비해 자신의 권세를 따로 만들거나 하진 않았었다.

그렇기 때문에 의아했지만 이내 곧 사람들의 기억 속에서 사라졌었다.

'노예왕과 올리번이 손을 잡았던 거군.'

그렇다면 말이 된다.

'수안 하자르가 노예왕이라면 포나인의 조류를 탈 수 있는 방법을 알고 있는 것도 이상한 일이 아니다.'

대륙에서 가장 험난한 강, 포나인.

하지만 노예로 잡힌 이들을 도망치도록 그런 강을 수년 전부터 수백 번 탔다면 그의 귀신같은 조타술도 충분히 설명이 되었다.

올리번 슈테안이 황위에 오르고 난 뒤.

'노예왕이었던 수안 하자르는 라바트 길드의 마스터가 되어 다시 나타난 거다.'

카릴은 한 소년을 바라봤다.

일련의 사건들. 한 사람이 사라지고 또 한 사람이 나타났다.

하지만 모두가 제국의 역사에 이름을 남길 만한 존재감을 가진 자.

그 두 사람이 원래는 같은 사람이었고 그 모든 배후에 제2 황자 올리번 슈테안이 있었다.

“아버님? 이제 보니 대단하신 분의 아들이셨군. 몇째지? 첫째? 아니면 둘째? 소문에 의하면 셋째는 나가리라던데.”

수안 하자르가 올리번을 향해 능청스럽게 말했다.

“무엄하다.”

올리번의 옆에 선 기사가 으르렁거리듯 말했다.

백발의 노기사는 나이에 걸맞지 않은 기백을 뿜어내고 있었다.

‘자르반트, 저 노친네까지 따라온 건가. 얽히게 되면 성가시겠어.’

카릴은 그를 향해 살짝 눈살을 찌푸렸다.

자르반트 레다크 백작. 세 황자의 검술 교관이자 황실 친위대 중 하나인 적(赤)기사단의 단장.

공작의 직위는 아니지만 위세는 결코 쉽게 볼 수 없는 인물. 게다가 일흔이 넘은 나이임에도 불구하고 그의 검술 실력은 내로라하는 기사들에 비해 절대 밀리지 않았다.

‘신탁이 있던 후에도 가장 활발하게 전장을 누빈 노괴 중 한 명이지.’

그를 포함해서 머릿속에 떠오르는 네 명을 생각하며 카릴은 고개를 가볍게 저었다.

“내 소개가 늦었군. 그래도 제법 얼굴이 알려졌다고 생각했는데 말이야."

수안의 말에 올리번은 담담한 표정으로 말했다.

그는 마치 귀족을 대하듯, 가볍게 고개를 끄덕였다.

"나는 제2황자, 올리번 슈테안이라고 하네."

"……."

그 이름을 듣고서도 수안의 표정은 그대로였다.

"네놈……!!"

무례한 그 모습에 더 이상 참을 수 없다는 듯 자르반트가 한 발자국 창살 가까이 다가갔다.

"그만."

하지만 올리번은 그런 노기사를 막으며 이번엔 무릎을 꿇어 쓰러져 있는 수안의 눈높이에 눈을 마주했다.

"자네에게 부탁하고 싶은 것이 있다."

"저하……!"

올리번은 차분한 어조로 수안에게 말했다.

"나를 도와다오."

"크…… 크큭."

그의 말에 수안은 피식 웃었다.

"나리, 도대체 무슨 말인지 소인으로서는 모르겠나이다. 위대하신 황족께서 미천한 제게 도와달라뇨. 제가 할 수 있는 게 무엇이 있겠습니까."

명백히 비아냥거리는 말투였다. 그의 목소리에서 적의(敵意)

가 느껴졌다.

"나는 이민족들을 구하고 싶다."

"……."

"너도 알다시피 많은 북부의 이민족이 죽어가고 있다. 내 비록 지금은 미천하나 그들 역시 대륙의 백성. 제국인이든 이민족이든 모두가 평등하다고 생각한다."

수안의 눈썹이 씰룩거렸다.

"조금이나마 그들을 살리고 싶다. 부디, 자네가 나를 도와주었으면 한다."

척-

수안은 손을 들어 올렸다.

"이민족 한 명당 5골드. 왕도의 시민이 다섯 달을 살 수 있는 돈입죠. 살기 위해 그 돈을 내게 준 사람만이 강을 건널 수 있습니다."

"돈이 필요하다면 얼마든지 줄 수 있다."

올리번의 표정은 진지했다.

카릴은 그의 얼굴을 훔쳐보며 자신도 모르게 입술을 깨물었다.

올곧음과 순수함.

'그렇게 보였지, 너는.'

전생(前生)의 그 역시 저 모습에 매료되었으니까.

"그런데 그 돈을 받아 겨우 들어가는 타투르는 또 어떤 곳인지 아십니까?"

수안의 목소리가 감옥 안에 울렸다.

다섯 손가락을 쫙 폈다가 그중에 네 개를 접는다. 올곧게 서 있는 가운뎃손가락만이 올리번을 향하고 있었다.

"빌어먹을 금사자란 녀석에게 4골드를 바쳐야 하죠. 그리고 남은 1골드는 목숨값. 앞면이 나오면 살고 뒷면이 나오면 죽습니다. 돈을 내고도 모두가 사는 게 아니란 말이죠."

"……."

"과연 이게 돈으로 해결할 수 있는 문제입니까? 내 손으로 그곳에 데려가 오히려 그들이 죽어가는 모습을 하다니……. 잘나신 황자님께서 아실지 모르겠습니다."

수안이 눈빛이 차갑게 빛났다.

"물론, 동전을 던지고 나서도 죽지 않은 자들도 있죠. 대신 금사자의 노예가 되는 겁니다. 자유를 위해 도망쳤는데 죽고 싶지 않아서 스스로 다시 노예가 되는 겁니다."

빠득-

"나는 그들을 구해준 적 없다. 구해주고 싶어도 구할 수 없었다. 그러니……."

그 순간 카릴은 뭔가 이상함을 느꼈다.

'왼쪽의 붉은 눈동자…….'

전생(前生)의 기억을 더듬어보았다.

'안대를 차고 있었다.'

처음 만났을 때부터 끝까지 그의 왼쪽 눈동자를 본 적이 없었다.

'설마……'

그제야 카릴은 수안이 제국이라면 치를 떨었던 이유를 알 수 있었다.

자신의 일족보다 훨씬 더 오래전. 제국에 의해 멸족한 아귀부족의 생존자.

"죽이든 살리든 마음대로 해. 노예왕이라는 빌어먹을 이름으로 날 부르지 말고 꺼져."

"네 이놈……!!!"

으르렁거리는 맹수 같은 모습에 당장에라도 자르반트는 그의 목을 벨 기세로 소리쳤다.

콰아아왕---!!!

울리는 쇠창살.

수안 하자르는 그 뒤에서 차가운 목소리로 말했다.

"그렇게 이민족을 살리고 싶은 성군이 되고 싶으면 타투르쯤은 내게 주고 말하십시오. 그들이 살 수 있는 땅 말이야."

카릴은 그 모습에 자신도 모르게 입꼬리를 올렸다.

'황자 앞에서 저렇게 당당하다니. 내가 알던 수안 하자르와는 달라. 3년의 세월 동안 참으로 많은 일이 있었나 보군.'

그가 처음 만났던 수안 하자르는 좀 더 차분한 느낌이었다. 저런 날뛰는 야생마 같은 거친 느낌이 아니었다.

'마음에 들어.'

카릴은 피식 웃으며 계속해서 둘을 바라봤다.

"아직은 시간이 걸리겠지. 그동안 나는 널 포기하지 않을 것이다. 너는 이대로 죽기엔 아까운 자니까."

올리번은 수안을 향해 나지막하게 말했다.

"또 만나지."

'이렇게 된 거로군…….'

카릴은 수안 하자르를 바라봤다.

'단순히 능력이 뛰어난 상인 길드의 마스터라고만 생각했었는데……. 이런 내막이 있을 줄이야.'

입안이 썼다.

만약, 그가 이 시기에 세상에 나오지 않았더라면 이런 사실을 알 수 있었을까.

하지만.

'달라지는 건 없다.'

자신은 결국 황제에 오른 그가 어떻게 변했는지 잘 알고 있었으니까.

'이민족을 살리고 싶다고? ……네가?'

카릴은 천장 뒤에서 당장에라도 나와 그의 면상에 대고 소리치고 싶었다.

'개 같은 소리.'

툭-

그 순간. 경비를 서고 있던 병사가 갑자기 실이 끊어진 인형처럼 털썩 바닥에 쓰러졌다.

"다 풀었나?"

"……!!!"

"그렇다면 일어나."

수안은 깜짝 놀라며 움직이던 두 팔을 등 뒤로 감추었다.

"본의 아니게 재밌는 걸 봤군. 그냥 기다려도 올리번은 내일 널 풀어주라고 하겠지만."

갑자기 튀어나온 인영에 수안이 고개를 들어 카릴을 바라봤다.

"하지만 쓸데없이 하루를 버리고 싶은 마음은 없다. 이쪽이야말로 시간이 얼마나 소중한지 알거든."

자신보다 어린아이였다.

카릴의 모습을 본 순간 수안은 어처구니없다는 표정을 지었다.

"……넌 또 뭐야?"

하지만 그런 그의 반응에 카릴은 담담한 표정으로 품 안에서 금화를 꺼냈다.

"포나인을 건너는 뱃삯이다."

수안은 자신의 앞에 놓인 다섯 개의 금화에 인상을 구기며 그를 바라봤다.

"그런데 얘기를 들어보니 이제 필요 없겠어. 애초에 금사자 따위에게 줄 건 없었으니까."

"무슨……."

카릴의 눈빛이 빛났다.

'올리번, 분명 네게 먼저 온 기회였다. 하지만 넌 실패했다. 그렇다면 이번엔 내가 하지.'

영문을 알 수 없다는 표정을 짓는 그를 바라보며 카릴이 가볍게 웃었다.

"수안 하자르."

감옥 안에서 카릴의 목소리가 울렸다.

"타투르쯤 네게 주지."

"타투르쯤……? 내 귀가 이상해진 건가. 아니면 하도 맞아서 내 머리가 병신이 된 건가. 크…… 크큭."

수안은 카릴을 바라보며 어처구니없다는 듯 웃었다.

"황자 다음에 도시를 주겠다는 이상한 꼬마까지. 지금까지 그 어떤 왕국도 얻지 못한 자유도시를 말이야. 세상에, 도대체 여기가 감옥이야 여관이야."

퉷-

검붉은 핏덩이를 뱉어내며 수안은 으르렁거리듯 카릴을 노려보며 말했다.

"꺼져."

"눈빛이 좋은데. 역시 아무리 봐도 상인 따위를 할 위인은 아니었어."

"……뭐?"

자신을 바라보는 수안의 눈빛을 보며 그는 만족스럽다는 듯 말했다.

"솔직히 몰랐다. 네가 항상 안대를 차고 있어서 말이야. 수안 하자르가 노예왕이라니. 정말……. 이거야말로 운명의 장난이로군."

카릴은 그의 얼굴 가까이 다가갔다.

그러고는 한쪽 얼굴을 가리고 있는 긴 머리카락을 걷어 올렸다.

"……."

평범한 푸른색의 눈동자와 달리 숨겨진 붉은색의 눈동자가 나타났다.

저주받은 오드 아이(Odd Eye).

"네가 혼종일 줄이야."

제국인과 이민족 사이에 태어난 사람.

파앗---!!!

수안 하자르는 카릴을 노려보며 있는 힘껏 그의 팔을 쳐냈다.

카릴은 차분한 눈빛으로 그를 바라봤다.

'제국을 싫어하면서도 올리번을 따랐던 이유. 그건 제국을 위해서가 아니라 이단섬멸령을 철회한 올리번 개인을 위함이

었다.'

하지만. 올리번이 황위에 즉위했을 때는 이미 선황제의 이단섬멸령이 내려지고 2년이 흐른 뒤였다.

늦었다.

'많은 이민족이 죽었지.'

기껏 살아남은 이민족들 역시 재기가 불가능할 정도의 소수에 불과했다.

'살아도 산 게 아닌 형국.'

그럼에도 불구하고 사람들은 올리번의 선정(善政)에 그를 우러러보았다.

대륙에 그를 칭송하는 울림이 끊이지 않았었다.

"……."

카릴은 그때의 모습을 떠올렸다.

찬란한 빛 아래 올리번은 누가 뭐라 할 수 없는 완벽한 왕의 표본이었다.

이민족이었던 그가 처음으로 제국에 목숨을 바쳐도 되겠다고 생각했던 순간이니까.

하지만, 이젠 다르다. 카릴의 머릿속에 드는 의문.

'정말일까.'

이단섬멸령을 철회했던 것이 정말 이민족들을 자신의 백성이라 생각해서였을까.

'더 이상 그들이 자신에게 위협이 되지 않는다고 생각한 것

은 아닐까.'

선왕(宣王)의 진짜 모습.

자신은 알고 있다.

콰아아앙---!!

콰가강---!

여기저기에서 폭음이 진동했다.

자신도 모르게 떨리는 손, 손바닥에 땀이 맺힌다.

카릴의 귀에 생생하게 들리는 것 같았다.

폭음 속의 비명이. 그리고.

철컹-

서거걱---!!

본보기로 잡힌 부족 족장과 그의 가족들이 단두대에 처형되던 모습이.

'지금이라면…….'

수안 하자르를 바라보며 그는 생각했다.

'살릴 수 있다.'

이단섬멸령으로 인해 죽은 수많은 이민족을.

"나를 도와라."

"황자가 하는 말은 헛소리라고 넘길 수 있지만 너는 그냥 미친 녀석이었군."

수안은 카릴의 말에 어처구니가 없다는 듯 웃었다.

"왜? 너도 이민족들을 구하고 싶나? 너는 뭘 제시할 거지?

황자만큼 내게 돈을 줄 건가?"

"없다."

그의 대답에 수안이 인상을 찡그렸다.

"없다고? 그럼 뭘 믿고 그렇게 자신만만하지?"

갑자기 나타난 의문의 소년.

수안은 자신의 수갑을 풀어 보이며 말했다.

"지금 당장 날 풀어줄 여력은 있나?"

차가운 비소.

하지만 카릴은 그의 말에 오히려 입꼬리를 천천히 올렸다.

"고작 그 정도라면 실망인걸. 내가 너에게 제시한 조건은 분명 말했을 텐데."

콰아아앙---!!

지하 감옥의 벽이 굉음과 함께 산산조각이 나며 부서졌다.

"그런 건 일도 아니다."

일말의 망설임도 없이 귀족의 저택을 부숴 버린 그의 모습.

수안은 눈앞에 펼쳐지는 광경에 입을 다물 수 없었다.

"……!!!"

그때, 부서진 벽 뒤로 아침을 알리는 빛이 들어왔다.

그리고 눈부신 태양에 반(反)하는 검은 눈동자.

그게 의미하는 것이 무엇인지 굳이 설명할 필요가 없었다.

"너…… 설마……."

조금 전 평범했던 제국인 꼬마는 사라지고 그의 눈앞에 서 있는 건 검은눈의 이민족이었다.

수안의 시선이 카릴의 손에 꽂혔다.

'마…… 마력?!'

말이 되지 않는 일이다.

눈으로 보고도 믿을 수 없는 일이었다.

이민족은 태생적으로 쓸 수 없는 힘.

그렇기 때문에 이단(異端)으로 몰리며 아무런 이유 없이 핍박받고 있었다.

"거짓말……."

입은 그렇게 내뱉었지만 눈앞에 펼쳐진 광경을 바라보며 수안은 믿을 수 없다는 듯 자신의 뺨을 있는 힘껏 후려쳤다.

찰싹---!!

명백히 느껴지는 통증. 꿈이 아니었다.

인정하지 않을 수 없었다. 이건, 현실이다.

"어때."

카릴이 팔짱을 낀 채로 그를 내려다보며 말했다.

"세상을 바꿔보고 싶지 않나."

올리번조차 얻을 수 없었던 한 남자. 수안 하자르.

그는 이해가 가지 않았다. 어째서 그의 마음이 이 어린 꼬마 아이의 말 한마디에 떨렸는지.

"무슨 일이냐!!"

"어디서 벌어진 거야!!"

"적인가?!"

"모두 경계 태세로!!"

저택이 소란스러웠다.

무너진 벽 뒤로 병사들이 아래로 내려오는 모습이 보였다.

카릴은 손을 내밀었다.

"몇 명의 이민족을 타투르로 보냈지? 백 명을 살리면 위인이 될 수 있고 천 명을 살리면 영웅이 될 수 있겠지. 하지만 고작 그 정도로 왕이라는 호칭은 아깝지 않나."

그가 수안을 향해 말했다.

"따라와라."

꽈악-

왜일까. 알 수 없다.

황자조차 거절했던 그가 마치 홀린 듯 자신도 모르게 카릴의 손을 잡고 말았다.

'미쳤지……. 내가 미쳤어.'

수안은 있는 힘껏 노를 저으면서 다시 한번 후회하고 또 후회했다.

'무슨 생각으로 내가 저 꼬마를 태운 거지?'

촤아아아악……!!!

시원하게 강물을 가르는 뱃머리에 서서 카릴은 만족스러운 듯한 표정을 지었다.

'옷을 봐선 어디 귀한 집 자식 같은데……. 이민족이라니……. 정체가 뭐야?'

하지만 그와는 달리 수안의 표정은 좋지 못했다.

'타투르가 어떤 곳인지 알기나 하는 걸까.'

여전히 의문은 가득했지만 수안은 카릴의 뒷모습을 보며 그가 범상치 않은 사람이라는 것을 직감했다.

감옥에서 느꼈던 기분.

수안은 그 순간을 생각하면 지금도 이따금 몸이 떨리는 기분이었다.

'하긴, 남작의 감옥에 몰래 들어올 인간이라면 평범한 사람은 절대 아니겠지.'

카릴에게서 느꼈던 기운은 단순한 박력이라고 표현하기에는 부족했다. 무엇이라고 정의 내릴 수 없지만 자신이 생각할 수 있는 한계를 초월한 느낌.

'기껏해야 열 살 남짓한 아이에게서 볼 수 있는 게 아니다. 마치……. 수많은 전장을 겪은 패왕(霸王)에게 느껴지는 기운.'

그런 게 가능한가?

그때였다.

"수안 하자르."

"예? ……네?!"

자신의 이름을 부르는 카릴에게 그는 반사적으로 화들짝 놀라며 존댓말을 내뱉었다.

"이민족이 대륙에서 살아가는 것에 대해서 넌 어떻게 생각하지?"

"네? 별시답잖은 질문을……. 죽지 않으면 다행이겠죠. 이제는 섬멸령 때문에 노예로도 살려두지 않으니까."

수안은 카릴의 물음에 쓴웃음을 지었다.

"저만 봐도 아시지 않습니까. 혼종이어도 핍박받기는 마찬가지입니다. 책에서 보면 멋진 이야기겠죠. 이민족의 여자와 제국인의 남자가 만난 이룬 금단의 사랑."

마치 무대 위에서 연기를 하듯 드는 손을 크게 허공에 젓다가 멈추었다.

빠득-

"빌어먹을……. 금단의 말뜻을 모르나. 감당하지 못할 거라면 다 큰 어른들이 하지 말라는 건 하지 말아야지. 왜 하고 지랄이야, 지랄은."

그의 얼굴에서 분노가 느껴졌다. 하지만 그 속에 씁쓸함을 카릴은 알 수 있었다.

"속마음을 잘 숨기지 못하는군."

카릴이 나직하게 말했다.

"……."

"욕을 뱉을 때마다 눈빛이 흔들리거든. 아마 올리번도 그걸 알았을 거다. 그러니 널 포기하지 않았던 걸 테고."

황자의 이름을 아무렇지 않게 부르는 소년.

수안은 더더욱 카릴의 정체가 궁금했지만, 그마저 숨기려는 듯 심드렁한 얼굴로 말했다.

"무슨 말인지 모르겠지만. 꽉 붙들기나 하시죠. 여기서부터는 떨어지면 나도 구해주지 못하니까."

끼릭- 끼이이익---!!

수안은 있는 힘껏 노를 잡아당겼다.

포나인의 강물이 그들을 잡아먹을 듯 덮쳐왔지만 그는 그 사이를 기가 막히게 빠져나갔다.

"흡!"

그러고는 기다렸다는 듯 바닥에 두었던 갈고리가 달린 두꺼운 로프를 있는 힘껏 던졌다.

좌르륵---!!

캉--!!

강물 사이로 보이는 바위 하나에 갈고리가 걸리자 그는 재빨리 선미에 밧줄을 묶었다.

끼릭…… 끼리리릭…….

배의 밑창이 당장에라도 부서질 것처럼 삐거덕거리더니 배가 크게 원을 그리며 돌기 시작했다.

그의 팔에 힘줄이 터질 듯 부풀어 올랐다.

'대단한 힘이군.'

마력의 도움도 없이 오로지 순수한 근력만으로 포나인의 조류를 거슬러 배를 위로 올리고 있었다.

'음?'

그 순간 카릴의 눈이 살짝 찌푸려졌다.

'저건…….'

수안의 손목에 불로 지진 듯한 문신 하나가 눈에 들어왔기 때문이다.

"그건 뭐지?"

"별거 아닙니다. 아귀 부족이라고 들어보셨습니까? 북부에서 좀 더 들어간 늪지에서 사는 부족인데 그곳의 문신입니다."

"그래?"

아무렇지 않게 대답하는 수안을 바라보며 카릴은 알 수 없는 묘한 미소를 띠었다.

"그렇군."

"크윽……!! 이제 말 시키지 마십시오!"

수안이 밧줄을 있는 힘껏 잡아당기며 소리쳤다.

"후읍, 후읍, 후읍……."

숨을 토해낸다.

수십 번을 반복했던 일.

바위 사이에 틈으로 뱃머리가 들어가자마자 그는 기다렸다는 듯 밧줄을 끊었다.

촤르륵……!!

팽팽하게 당겨졌던 밧줄이 뱀처럼 사방으로 흔들리며 물속으로 딸려 들어갔고 수안은 배는 정확히 바위 사이를 뚫고 포나인의 강을 빠져나갔다.

"몇 번을 봐도 훌륭하군."

카릴은 배를 모는 그 모습을 보며 나지막하게 말했다.

"조심!!!"

그때, 수안이 깜짝 놀란 목소리로 소리쳤다.

촤아아악……!!

배가 크게 좌우로 흔들리면서 양옆으로 물보라가 솟구쳐 올랐다.

"카아아아!!"

거친 포효와 함께 물속에서 튀어나온 뱀처럼 생긴 몬스터가 상공에서 헤엄을 치듯 똬리를 틀었다가 풀며 아래로 떨어졌다.

"제길!!"

수안은 있는 힘껏 노의 방향을 반대로 저었다.

와드득-

와작-

하지만 오히려 노가 그 힘을 이기지 못하고 부러지면서 수안은 중심을 잡지 못한 채 바닥에 굴렀다.

"수…… 수왕(水王)? 제길, 재수 옴 붙었군!! 하필이면……!!"

강 아래로 잠수해 들어가는 몬스터를 보며 그는 굳어진 얼굴로 소리쳤다.

"……."

하지만 소란스러운 그와 달리 카릴은 천천히 품 안에서 아그넬을 뽑았다.

"호들갑 떨지 마. 수왕은 저것보다 훨씬 더 거대하니까. 게다가 그놈은 여기보다 좀 더 위쪽 강에 서식하고 있어서 겨울이 아닌 이상 잘 내려오지 않아."

"……에?"

"저건 그냥 리버 서펀트다. 수왕의 수많은 새끼 중 한 마리에 불과하지."

스르릉-

날카로운 단검의 소리가 들렸다.

[크르르르!!!]

수면 위로 대가리를 들이미는 괴물을 바라보며 그의 눈빛이 번뜩였다.

녀석이 똬리를 틀 듯 배를 움켜쥐었다.

수안이 눈을 질끈 감았다.

'지금.'

카릴의 검이 번뜩였다. 서펀트의 관자놀이에 정확히 단검이 꽂혔다.

촤르르륵---!!

껍질을 벗기듯 카릴은 머리에 박힌 단검을 있는 힘껏 위로 밀어 올렸다.

[캬!!! 캬아아악……!!]

그러자 서펀트의 머리가 그대로 두 동강이 났고 녀석은 비명조차 제대로 지르지 못한 채 그대로 몸을 부르르 떨었다.

서걱-

아직 신경이 살아 있는지 서펀트의 꼬리가 펄떡였지만 그것도 잠시, 카릴의 검에 잘려 강물에 떠올랐다.

주위에 붉은 피가 퍼졌고 피 냄새를 맡은 괴물들이 일제히 녀석에게 달려들었다.

"가자."

아무렇지 않게 말하는 그를 바라보며 수안은 넋이 나간 표정으로 그를 바라봤다.

"……도착했습니다."

수안은 아직도 충격이 가시지 않은 듯 멍한 얼굴로 카릴을 바라보며 말했다.

'어떻게 된 인간이야. 저 거대한 몬스터를 일격에…….'

리버 서펀트(River Serpent).

깊은 강에 사는 이 몬스터는 비록 다른 서펀트의 비해 크기가 작지만 포악성만큼은 타의 추종을 불허했다.

'저런 건 기사급이나 되어야 가능한 거 아냐?'

물어보고 싶은 것이 오만가지였지만 그는 입을 다물었다.

괜한 호기심은 죽음을 재촉하는 일이라는 걸 잘 알고 있었으니까.

"역시, 아무리 생각해도 이 강을 안전하게 맡길 수 있는 사람은 너뿐이야."

"네?"

"올리번에게 했던 말. 거짓말이지?"

카릴은 천천히 고개를 들었다.

도착한 인공섬. 마치 요새처럼 높은 벽이 세워져 있는 이곳은 대륙에서 가장 안전한 곳일 테다.

단지, 그 안에 살고 있는 사람들이 안전과는 거리가 먼 존재라는 것이 문제였지만.

저 멀리 항구에서 자신들을 발견한 듯한 무리의 남자들이 걸어오고 있었다.

"그게 무슨 말인지……."

"이민족 노예들에게 5골드를 받고 포나인을 건너게 해준다는 거 말이야."

"……."

"노예들이 그렇게 큰돈이 있을 리가 없지. 하지만 해마다 타투르에 사는 이민족들은 늘어갔거든. 나중에는 소문이 퍼져 도시의 90%가 이민족들로 채워질 정도로."

최후의 성지.

아이러니하게도 타투르는 이민족들에게 그렇게 불렸다. 이단섬멸령을 피해 도망친 자들부터 이단섬멸령이 철회되고 남아 있던 사람들까지.

'자연스럽게 이곳으로 그들이 모이게 된다. 나는 단지 그 시간을 좀 더 앞당기려 하는 것.'

카릴은 수안 하자르를 바라봤다.

'그 중심에 네가 있었고.'

"무슨 말인지 하나도 모르겠는데요."

수안은 고개를 돌리며 카릴의 눈을 피했다.

"돈이 없다고 그들을 네가 금사자 녀석에게 노예로 그냥 줄리도 없고. 그럼, 한 가지뿐이지."

"……."

"녀석에게 상납하는 돈까지 네가 지불하는 것."

카릴은 자신을 향해 걸어오는 남자들을 향해 발걸음을 옮겼다.

"그래 봐야 금사자의 배만 부르게 해줄 뿐이지. 이제부터는 귀찮게 그러지 마라. 대신 네가 직접 타투르로 사람들을 모아라."

콰아아아앙---!!!

그 순간, 카릴의 몸이 솟구쳐 올랐다. 그가 밟고 있던 뱃머리가 충격에 산산이 부서졌다.

눈으로 좇을 수 없는 빠르기.

수안은 카릴을 찾기 위해 이리저리 고개를 돌렸다.

쾅-!! 콰쾅---!!

카아아앙--!!

날카로운 병장기 소리가 울렸다.

그제야 수안은 카릴의 모습을 찾을 수 있었다.

"네…… 네놈……. 누구냐!!"

날카로운 단검이 병사의 목을 겨누고 있었다.

순식간이었다. 카릴의 발아래 한 남자가 밟혀 있었고 나머지 한 명은 정신을 잃은 듯 바닥에 너부러져 있었다.

"금사자에게 안내해."

"……커컥!!"

바닥에 쓰러진 그의 얼굴을 밟자 남자는 제대로 말을 잇지 못하고 신음을 토해냈다.

"이…… 미친!! 죽여……."

스윽-

카릴은 망설임 없이 단검을 겨누고 있던 남자의 목을 그었다.

그의 발아래 쓰러진 남자의 머리 위로 뜨거운 피가 후드득 떨어졌다.

"히…… 히익?!"

이마를 타고 흐르는 피에 그는 깜짝 놀라며 발버둥 쳤지만 그럴수록 카릴의 힘이 거세졌다.

"사…… 살려……."

그때였다.

"으…… 악!! 사, 살려……! 아아아아악……!!!"

카릴의 발에 밟힌 남자와 똑같은 말이었지만 무거운 공기를 깨뜨리는 방정맞은 외침.

고개를 돌리자 엉망으로 두들겨 맞은 듯한 남자가 절뚝거리는 다리를 끌고 카릴을 향해 걸어오고 있었다.

푸웃……!!

움직일 때마다 움푹 들어가는 모래에 남자는 엎어졌다 일어섰다를 반복하면서도 거의 기다시피 이곳으로 오고 있었다. 보는 사람조차 안쓰러울 정도였다.

'저 녀석이 여기에?'

생각지도 못한 남자의 등장에 모두가 어안이 벙벙한 사이에 카릴만은 그 남자를 바라보며 알 수 없는 표정을 지었다.

'그렇군.'

카릴은 수안 하자르와 헤어지며 올리번이 했던 말을 떠올렸다.

또 만나겠다는 그 말.

'제법인데, 올리번.'

▸Chapter 6◂

250년 전.

대마도사 카이에 에시르의 지휘 아래 제국은 가장 화려한 번영을 누렸었다.

하지만 정점을 찍은 영광은 결국 쇠퇴를 하게 마련. 적수가 없다고 생각된 제국도 시간이 흐르며 그 영토가 줄어들었다.

'루레인 공국이나 이스트리아 삼국과 같은 나라들이 아직까지 존재한다는 것도 그 증거겠지.'

하지만 2년 뒤, 올리번이 황위에 오르고 신탁이 내려지기까지 단 1년. 제국은 마치 과거의 영광을 재현하기라도 하는 듯 수많은 발전을 거듭한다.

카릴의 기억 속에 남아 있는 자들.

제국 7강.

올리번 황제를 받들어 제국의 부흥을 이끌었던 일곱 명의 인재들.

역사상 가장 뛰어난 책략가 브랜 가문트.

카이에 에시르의 재림이라고 불린 마법사 세르가.

대륙의 상권을 쥐락펴락했던 백 마이스터.

상단의 이름을 한 특작군을 이끈 수안 하자르.

전쟁의 천재지만 잔인하고 냉정한 자켄 볼튼.

대륙 최대 규모의 정보 단체인 유성(Astra)을 이끌었던 에이단 하밀.

'그리고 마지막……'

검성(劍聖) 카릴 맥거번.

바로, 자신이었다.

"……."

단순히 추억을 떠올리기 위해 그들의 이름을 다시 한번 새긴 것은 아니었다.

"어? 당신은……!!"

수안이 비틀거리며 걸어오는 남자를 바라보고 놀란 표정을 지었다.

"아는 잔가?"

"네. 이곳으로 들어오는 외지인은 거의 제가 강을 건너게 해주니까요. 배를 탔던 사람들은 거의 다 기억하고 있습니다."

"그래?"

카릴은 그의 말에 살짝 눈을 흘겼다.

"괜찮으십니까?"

"헉…… 허억……. 감사합니다."

수안이 쓰러질 것 같은 남자를 부축했다.

"여기."

허리에 차고 있던 수통을 그에게 건네자 남자는 며칠은 굶은 사람처럼 게걸스럽게 물을 마셔댔다.

그때였다.

"이 새끼 어딨어!!"

"찾는 순간 죽여 버려!!"

"건방진 새끼! 나머지 한 년은?"

"어차피 도망가 봐야 섬 안이야. 죽여달라고 빌 때까지 칼침을 놔주겠어!!"

부두에서 들리는 남자들의 목소리.

"헉……!!"

그 소리가 들리자 카릴의 앞에 있던 남자는 눈을 동그랗게 뜨며 놀란 얼굴로 소리쳤다.

"도, 도망쳐야 합니다!!"

"도대체 무슨 일입니까? 분명 여동생이 있었던 거로……."

자신의 팔을 부둥켜안다시피 잡아당기는 남자를 진정시키며 수안은 기억을 더듬고는 화들짝 놀랐다.

"설마……. 저들이 말하는 여자가……."

그러고는 카릴을 바라봤다. 그의 눈빛이 무엇을 말하고 있는지 말하지 않아도 알 수 있었다.

우드득-

카릴은 말없이 둘을 지켜보다 밟고 있던 남자의 허리를 찍어 눌렀다.

"……."

쓰러진 그는 비명조차 지르지 못하고 그대로 숨이 끊어졌다.

"도, 도와주십시오."

그를 바라보며 카릴은 낮은 헛웃음을 짓고 말았다.

"도와달라?"

"제 기억에 분명 어린 여동생과 함께 타투르에 왔던 사람입니다. 뭔가 문제가 생긴 게 틀림없습니다."

"그래서."

누군지도 모를 처음 보는 사람에게 부탁을 한다?

모르는 사람이라면 지푸라기라도 잡고 싶은 심정이라서 그런 거라고 할 수도 있겠다.

단 한 명, 그를 제외하고 말이다.

'내가 널 알거든.'

카릴은 비소(誹笑)를 지었다.

'에이단 하밀.'

전직 암살자이자 정보 단체 유성의 마스터.

황제의 명을 받아 수십 명의 공국 고위 간부를 쥐도 새도 모르게 살해했던 그가 고작 무법항의 떨거지들에게 당했다?

말도 안 되는 일이다.

"큭……."

카릴은 지금 상황이 우스워 자신도 모르게 웃음을 터뜨렸다.

'게다가 넌 애초에 올리번 쪽 사람이고.'

"……."

당장에라도 말하고 싶었지만 참았다. 그는 배우 뺨칠 정도로 아무렇지 않게 거짓말을 하는 에이단을 바라봤다.

'게다가 어린 여동생이라면 그 인간을 말하는 거겠군.'

그러고는 천천히 고개를 끄덕였다.

'이제야 톱니바퀴가 맞아떨어지는구나.'

몇 년 후. 타투르로 들어오는 이민족의 수가 언제부턴가 급속도로 증가한 이유.

'그 당시 무법항의 주인인 큐란을 비롯해서 타투르의 관리자라 불리는 네 명 중 세 명이 모조리 죽었다는 소식이 들렸다.'

그 당시엔 대수롭지 않게 여겼다. 자유도시에서의 죽음이야 비일비재한 일이었으니까.

'단순히 그들의 죽음과 수안 하자르 때문에 타투르로 유입되는 사람들이 증가하나 생각했는데…….'

그게 아니다.

'이미 그때부터 타투르는 자유도시지만 자유도시가 아니었던 거로군.'

카릴은 눈앞의 남자를 바라보며 생각했다.

'올리번.'

이제 알 수 있었다.

'네가 이곳을 손에 넣었던 거야.'

그렇다면 지금 에이단 하밀이 이곳에 있는 이유도 충분히 납득이 되는 일이다.

'언제부터 잠입해 있었던 거지?'

1년? 2년?

'제법이야. 너는 오래전부터 황위에 오르기 위해 준비하고 있었구나.'

감탄하지 않을 수 없었다.

그렇다면 에이단이 지금 자신의 앞에 나타난 이유는 뭘까.

'단 하나겠지.'

카릴은 자신의 옆에 있는 수안 하자르를 곁눈질로 살짝 바라봤다.

'올리번은 수안이 언젠가는 타투르로 돌아갈 거라고 생각했다.'

감옥에서 포기하지 않겠다고 했던 올리번의 말을 떠올렸다.

'믿는 구석이 있기 때문이었구나.'

빠득-

자신도 모르게 얼굴에 힘이 들어갔다.

카릴은 에이단 하밀을 바라봤다.

"……."

외관상으로는 엉망이 되어 보이지만 자세히 살피면 뼈가 부러진 곳도 없고 움직이는 데는 큰 무리가 없었다.

'상처는 일부러 만든 것.'

이렇게까지 해서 만남의 접점을 만들 줄은 몰랐다.

우연으로 보이지만 절대 우연이 아니다.

올리번은 에이단 하밀을 시켜 수안 하자르에게 접촉을 시도한 것이 틀림없다.

하지만 그조차 예상치 못한 변수가 있었다.

바로, 카릴이었다.

'일이 재밌어지는군.'

이번 일을 통해 올리번이 수안 하자르를 얻는지 아닌지는 모른다. 하지만, 확실한 건 하나 있다.

'올리번, 이번 생엔 내가 너보다 타투르에 먼저 와 있다는 사실이다.'

"여기다!!"

"저놈들은 또 뭐야?"

세 사람을 발견한 한 무리의 남자들이 무기를 뽑아 들고 달려오기 시작했다.

퍼억-!!

카릴은 쓰러져 있던 나머지 한 명을 발로 차올렸다.

"컥……!!"

정신을 잃었던 남자는 충격에 본능적으로 숨을 토해내며

몸이 붕 떠올랐다.

콰아앙……!!!

달려오는 녀석들의 앞에 남자가 처박히자 모래가 사방으로 튀었다.

"뭐, 뭐야?!"

"이 새끼가……!!"

자신의 동료가 수십 미터를 날아와 떨어지는 걸 보고 소리치며 무기를 겨누었지만 그들의 얼굴엔 당황한 기색이 역력했다.

저벅- 저벅- 저벅-

카릴이 발걸음을 떼었다.

부우웅-!!

대각선으로 날아드는 검을 피했다.

부우우웅--!!

옆으로 파고드는 검을 몸을 돌리며 흘려보냈다. 마력을 쓸 필요도 없었다.

콰직……!!

카릴이 있는 힘껏 정강이를 후려치자 뼈가 부러지는 소리와 함께 검을 휘두르던 남자가 고꾸라졌다.

"컥…… 커컥!!"

고통에 제대로 비명조차 지르지 못했다.

'올리번.'

그는 제2황자다. 비록 크웰이 그를 지지한다고 나섰지만, 현

재로써는 루온에 비한다면 입지도 상황도 약할 수밖에 없었다.

'황도에서 너를 지지하는 세력은 적다. 자르반트 경과 아버지인 크웰이 너를 따르지만 루온 황자에 비하면 턱없이 부족하지.'

두 번째 남자가 쓰러졌다.

스윽-

카릴은 아그넬로 남자의 아킬레스건을 끊어버리고서 천천히 일어났다.

서걱-

움직이지 못하는 그의 목을 가차 없이 그었다.

'이곳은 네가 황위에 오르고 난 뒤에도 여전히 자유도시로 남아 있었다. 하지만 이제 알겠군. 그건 표면으로만 그럴 뿐 이미 너의 땅이었구나.'

세 번째, 네 번째 남자들은 순식간에 당한 동료의 처참한 모습에 자신도 모르게 뒷걸음질 쳤다.

'상관없다.'

퍼억-!!

퍽! 퍽! 퍽! 퍽!!

순식간에 튀어 올라 거리를 좁힌 카릴이 나머지 두 사람을 사정없이 두들겼다.

"컥…… 커컥……!!"

그 비명조차 오래가지 않았다.

너부러진 시체들 사이에서 카릴은 아무렇지 않게 서 있었다.

"……."

에이단 하밀은 그의 모습에 놀라움을 감추지 못했다.

카릴은 그런 그에게 시선도 주지 않은 채 담담한 얼굴로 쓰러진 두 사람을 넘어 앞으로 걸어가기 시작했다.

'이젠 내 것이 되어 있을 테니까.'

"살려주셔서……. 감사합니다. 하마터면 정말 죽을 뻔했습니다."

에이단 하밀은 카릴과 수안을 향해 절을 하듯 무릎을 꿇고서 연신 감사의 말을 뱉었다.

"괜찮으세요? 갑자기 일이 이렇게 되어버려서……. 그보다 동생분은……."

수안의 물음에 그의 안색이 어두워졌다.

"어떻게 됐는지 모릅니다. 찾으러 가고 싶지만……. 제힘으론……."

깊은 한숨에 수안 하자르는 다시금 카릴을 바라봤다.

"……."

그러나 심각한 둘과는 달리 카릴의 머릿속에 드는 생각은 단조로웠다.

'언제까지 저 녀석의 같잖은 연기를 봐야 하지.'

느슨하게 내린 어깨. 무릎을 꿇고 있지만 당장에라도 튀어 오를 수 있도록 발가락을 접고 있을 것이다.

카릴은 에이단을 바라봤다.

너덜너덜해진 외투는 로브처럼 어깨부터 발까지 전신을 모두 가리고 있었다.

'넝마로 찢어놓은 건 움직이기 편하게 해둔 걸 테고. 주로 쓰는 무기는 세 자루의 단검이었으니까…….'

오른쪽 허리, 가슴, 그리고 왼팔 소매 안.

'뭐, 그 정도겠지.'

파악은 끝났다.

확실히 그는 대단한 암살자이지만 그 이름을 떨치는 것은 분명 올리번이 황제로 즉위하고 난 뒤. 3년 전인 지금의 그는 카릴의 눈에는 미숙하기 그지없었다.

'에이단과 함께 온 여자라면…….'

주크 디 홀드. 쇼트커트로 짧게 자른 푸른색의 머리카락에 뚜렷한 이목구비를 가진 눈에 띄는 소녀였다.

얼굴을 본 적은 단 한 번밖에 없었지만, 워낙 강렬한 모습에 카릴의 기억에 선명하게 남아 있었다.

'실상을 알면 깜짝 놀랄 테지만.'

에이단 하밀과 같은 출신이지만 그녀는 완전히 다른 스타일의 암살자. 전투계열이 아닌 독과 암기를 쓰기에 상대하기 까

다로웠다.

'성가신 녀석이 같이 있군.'

그 얼굴을 떠올리며 카릴은 인상을 찌푸렸다.

'정말 그녀라면 오히려 큐란을 걱정해야 할 판이겠지.'

"어떻게 하실 생각이십니까?"

아무 일도 아니라는 듯 심드렁한 반응의 카릴을 바라보며 수안은 그에게 허락을 구하는 듯 물었다.

어느새 자연스럽게 만들어진 서열. 그리고 카릴 역시 이 상황이 어색하지 않은 듯 자연스럽게 말했다.

"뭘 어떻게 하겠어. 원래 계획대로. 우리는 타투르로 들어갈 거다."

"하지만……!!"

카릴은 담담하게 말했다.

"그럼 네가 도와주던지. 어떻게 도와줄 거지? 금사자와 한판 붙기라도 할 생각인가."

"……."

그의 말에 수안 하자르는 아무런 말도 하지 못했다.

"너, 어떻게 우리를 찾았지?"

"그게……. 수안 씨의 도움으로 타투르에 오긴 했지만. 녀석들의 착취가 너무 심해서……. 더 이상은 버틸 수가 없었습니다. 그래서 수안 씨가 돌아오기만을 기다렸죠."

에이단의 말을 듣자 수안의 얼굴이 굳어졌다.

"그리고 마침 무법항의 배들을 점검하는 오늘 두 분을 본 거구요."

카릴은 고개를 들었다.

확실히 큐란은 일주일에 한 번씩 무법항에 정박해 놓은 배들을 점검했었다. 포나인의 거센 강물은 가만히 있는 배들까지 고장 냈으니까.

그럴싸하다. 하지만.

'거짓말이다.'

큐란은 그렇게 허술한 남자가 아니다.

그렇게 중요한 배를 저런 녀석에게 맡길 리가 없었다.

'어딘가 숨어 있다가 우리가 온 걸 보자마자 나타난 거겠지. 어차피 수안이 이곳에 온다는 얘기를 들은 건 얼마 안 됐을 테니까.'

카릴은 에이단을 바라보며 물었다.

"그러다 도망을 치려 했는데 동생이 붙잡혔고?"

"맞습니다!"

그의 동조에 그는 격렬하게 반응했다.

평범한 사람이라면 그냥 넘어갈 수도 있을 일이었지만 에이단 하밀이 어떤 사람인지를 잘 알고 있는 카릴로서는 그저 어처구니없을 뿐이었다.

자신이 그의 손바닥 위에 놓여 있다는 걸 과연 에이단이 알지 궁금할 따름이었다.

'지금 중요한 건 녀석이 아니다. 수안 하자르의 마음을 어떻게 움직이느냐 하는 것.'

생각지 못한 일이지만 타투르는 결국 수안 하자르를 얻느냐 얻지 못하느냐의 장소가 되어버렸으니까.

"그렇다는데. 넌 어떻게 하고 싶지? 수안 하자르."

카릴이 그를 바라봤다.

"그…… 그건……."

수안 하자르는 말을 잇지 못했다.

"질문을 바꾸지. 그럼 내가 저 녀석을 도와야 하는 이유를 말해라."

여전히 그는 대답하지 못했다.

저벅- 저벅- 저벅-

카릴은 그런 그를 놔두고 보란 듯이 앞을 걸어갔다.

"으…… 으으……."

그러고는 신음을 뱉어내고 있는 쓰러진 남자의 앞으로 다가갔다.

"그것도 어려운가? 그렇다면 좀 더 쉽게 바꾸지. 나는 조금 전 여섯을 죽였다. 그리고 이 녀석이 마지막 생존자다."

"크윽……!!"

그의 목에 검을 겨누었다.

"저자가 말한 금사자의 수하다. 이 녀석도 마찬가지로 이곳의 사람들을 착취했겠지. 너, 그동안 얼마나 뜯어냈지? 여자를 겁탈한 적은? 사람을 죽인 적은? 저 사람을 때린 게 너 아냐?"

"사…… 살려주십시오!!"

카릴은 수안을 바라봤다.

"지금 이 녀석도 저자와 마찬가지로 살려달라는군. 너는 이 녀석을 죽여야 한다고 생각하나? 아니면 그냥 둬야 한다고 생각하나."

"……."

그럴 줄 알았다는 듯 카릴은 고개를 끄덕였다.

서걱-

카릴은 잘린 남자의 목을 집어 수안 하자르의 앞으로 던졌다.

"……."

조금 전까지 숨을 쉬던 생명 하나가 사라졌다.

"적어도 내가 아는 타투르는 이런 곳이다."

그 순간. 찰나였지만 에이단 하밀의 얼굴이 구겨졌다. 표정을 감추는 걸 카릴은 놓치지 않았다.

"수안 하자르, 너는 그들에게 자유를 주었다. 노예왕이라는 이명으로 불릴 만큼 네 행동은 옳은 것이다. 하지만 자유란 남이 주는 것이 아니다. 너의 배를 타고 온 자들은 결국 스스로 결정을 내린 거니까."

카릴은 에이단을 가리켰다.

"네가 저자의 삶까지 책임질 필요는 없다. 저자 역시 스스로 온 것이니까."

"하지만……."

"왜? 네가 저들을 지옥으로 떠민 것 같나?"

"……."

"그럼 바꾸면 된다."

쓰러진 시체의 옷에 단검에 묻은 피를 닦아내고서 카릴은 말했다.

"무법항에 해적들이 얼마나 있지?"

"잘은 모르지만. 큐란의 부하들이 교대로 항상 50여 명 정도 일꾼들을 감시합니다."

'뭐, 에이단 녀석이 제대로 알려줄 리가 없으니. 대충 반절은 더 많겠지.'

금사자(金獅子) 큐란은 3클래스의 수(水)계열 마력과 해와검이라는 특이한 검술을 쓰는 실력자였다.

'친위 기사단급까지는 아니지만 그 정도면 웬만한 귀족의 소속 기사로 영입돼도 손색이 없다.'

게다가 그의 부하들 역시 조금 전 자신이 죽였던 어중이떠중이들이 아니었다.

결코, 만만한 싸움은 아닐 것이다. 하지만 진다는 생각은 더더욱 하지 않는다.

우드득-

카릴은 가볍게 손목을 풀었다.

"따라와."

"이번에 새로 온 자들입니다."

"흐음……."

진득한 눈빛이 위에서 아래로 왼쪽에서 오른쪽으로 천천히 움직였다.

"흐으음……."

다시 한번 낮은 한숨 소리가 들린 뒤에.

"꺄악!!"

비명과 함께 둔탁한 소리가 방 안에 울렸다.

"너로 하지."

천천히 의자에서 일어서자 평범한 사람의 두 배는 될 것 같은 거구는 조금 전 비명을 질렀던 여자의 머리채를 잡고 질질 끌었다.

"너희들 아니었으면 모두 요단강을 건넜을 테니까. 운 좋은 줄 알아라. 제법 괜찮은 게 있으니 나머지는 그냥 들어가도 좋다."

"……."

바닥에 떨어져 뒷면을 가리키고 있는 동전.

사람들은 그 동전을 하염없이 바라봤다.

남자는 아무렇지 않은 표정으로 잡고 있는 여자의 목에 목줄을 채웠다.

철컥-

보통의 밧줄이 아닌 강철로 된 족쇄와 같은 고리에 쇠사슬이 달려 있었다.

두 손으로 들기에도 무거워 보이는 것을 그는 아무렇지 않게 쥐었다.

자세히 보니 그의 의자 뒤에는 이런 쇠사슬이 몇 개나 더 있었다.

"자…… 잠시만……!!"

그러자 그 뒤에 있던 한 남자가 떨리는 목소리로 말했다. 당장에라도 쓰러질 것처럼 부들부들 떨리는 두 다리로 기어가다시피 남자에게로 다가왔다.

"흠."

"큐…… 큐란 님, 저 아이는 제 유일한 여식입니다……. 부디……."

금사자(金獅子) 큐란. 터질 것 같은 두툼한 팔뚝과 온몸에 수많은 검상을 가진 이 남자가 바로 무법항의 주인이었다.

그는 고개를 내리깔았다.

"아비 되는 자인가."

"예, 예, 그렇습니다……. 저 아이가 없으면 저는 살 수 없습니다. 자비를……."

"자비? 나는 공평하게 동전에 목숨을 걸게 해주었는데."

"……."

애원하는 남자에게 돌아오는 대답은 차가웠다.

"살고 싶어서 도망친 거 아닌가. 뭐든지 하겠다고 했을 텐데. 죽을 뻔한 목숨을 다시 한번 살게 해주는 거다. 이만한 자비가 또 어딨지? 아니면 네 여식만 중요하고 저들은 가치가 없다는 건가."

"그, 그건……."

큐란의 말에 남자는 고개를 들었다.

그의 앞뒤로 남녀노소를 가릴 것 없이 서 있는 수많은 사람.

"흑…… 흐윽……."

"사, 살려주십시오!!"

"제발……."

여기저기에서 울음 섞인 통곡이 터져 나왔다.

"읍…… 읍읍!!"

남자가 아무렇지 않은 듯 여인의 목을 쥐고 한 손으로 가볍게 들어 올렸다.

콰드드득---

그러고는 그의 손아귀의 힘이 점점 더 강해지며 강철로 된 목줄을 점점 조여오기 시작했다.

"읍!!! 으으읍!!! 읍!! 읍!!!"

여자는 숨을 쉬기 힘든 듯 그의 손을 부여잡으며 발버둥을 쳤다. 발작하듯 미친 듯이 움직이는 두 다리를 바라보며 그는 만족스러운 듯 괴상한 표정을 지었다.

우드득-

날뛰던 발버둥이 그쳤다.

"들어가도 좋다. 자식 된 도리를 했군."

시선이 마주치자.

"이…… 이…… 으아아아!!!"

조금 전 엎드렸던 남자가 괴성을 지르며 그에게 달려들었다.

'병신…….'

'오늘 송장 여럿 치우겠군.'

'그러게 가만히 있을 것이지 왜 나대?'

주위를 둘러싸고 있는 사람들은 남자의 최후가 어떤 것인지 이미 알고 있었다.

"아, 그렇지. 이년이 없으면 너도 살 수 없다고 했던가."

큐란은 마치 남의 일처럼 말했다.

그러고는 들고 있던 여인의 시체를 대충 던지고는 달려드는 남자를 향해 주먹을 쥐었다.

'자유도시? 지랄하지 마.'

'금사자가 고작 푼돈이나 벌려고 너희들을 구해주는 줄 알아?'

'저 남자는 일부러 돈이 없는 사람만 골라서 배에 태운다고.'

지독한 악취미였다. 살인도 계속하다 보면 어느새 무뎌진다. 그러면 찾게 되는 것이 있다.

명분(名分)을 말이다. 삐뚤어진 정당한 살해가 큐란의 유일한 낙이었다.

'불쌍한 놈…….'

'죽으면 아무 소용없는데.'

'시체라도 온전하면 시체상인이 사갈 텐데 보아하니 글렀군.'

큐란의 거대한 육체가 노인을 향해 튀어 올랐다.

촤르르륵……!!

그의 주먹에서 차가운 기운이 느껴졌다.

세 줄기의 물줄기가 소용돌이치는 것처럼 그의 팔에 감기자 딸의 죽음을 목격한 남자는 자신을 지켜보는 사람들의 생각과 달리 오히려 죽음을 선택한 듯 눈을 감았다.

말도 안 되는 세금과 착취로 도망쳤다.

"……."

마지막 희망이라고 생각했던 이곳은 희망이 아니라 절망이 기다린 곳이었다.

콰가가가가가각---!!!!

큐란의 발밑에 나무로 된 바닥이 그의 힘을 이기지 못하고 사방으로 부서졌다.

"크억……!!"

"꺄아악……!!"

비명이 들렸다. 그의 부하들은 혹시라도 그 안에 휘말릴까 봐 황급히 자리를 피했다.

그때였다.

콰드득……!!

쾅!! 쾅!! 콰아아앙---!!!

건물이 흔들리면서 폭음이 터져 나왔다.

"뭐…… 뭐야?!"

처음에는 큐란 때문이라고 생각했다.

하지만 폭음은 건물 안에서 일어난 것이 아니라 건물 밖이라는 것을 깨달았다.

황급히 건물의 문을 열었다.

타닥…… 타닥…….

쿠르르르…….

그 순간. 문을 열었던 부하는 놀란 얼굴로 입을 다물지 못했다.

"이게 무슨……."

시뻘겋다. 눈앞의 모든 것이.

쾅-!! 콰아앙---!!

콰앙---!!!

"불을 꺼……!!!"

"빨리 물을 가져와!!"

"수(水) 마법을 쓸 수 있는 놈들을 전부 불러!!"

당혹스러운 외침이 이어졌다. 무법항의 정박되어 있던 모든 배가…….

"불타고 있다?"

그때였다.

"크윽?!"

거센 바람이 몰아치면서 솟구치던 연기가 일제히 항구 안으로 밀려들기 시작했다.

매캐한 연기가 덮치자 부하는 황급히 고개를 돌렸다.

스르릉-

그 순간 눈을 감자마자 검은 연기 속에서 섬광이 번뜩였다.

서걱-

멍하니 밖을 바라보던 남자의 몸이 그대로 허무하게 주저앉으며 쓰러졌다.

꾸륵…… 꾸르극…….

바닥에 쓰러진 남자의 눈동자가 위를 향했다.

뭔가를 말하려고 했지만 역류하는 피에 그는 숨조차 제대로 쉬지 못한 채 그대로 숨이 끊어졌다.

'흠, 에이단 하밀. 역시 바람 다루는 솜씨는 지금도 쓸 만해. 연기가 제대로 오고 있어.'

새카만 검은 연기가 바람을 타고 무법항을 덮쳤다.

"다행이야. 태울 만한 것들이 바다 위에 잔뜩 있으니까."

한 치 앞도 제대로 볼 수 없는 검은 안개가 순식간에 항구를 가득 채웠다.

사람들은 불을 끄기 위해 우왕좌왕하며 혼란에 빠졌다. 그 무리를 지나치며 카릴은 소매로 코를 막고 생각했다.

'시선이 느껴지는군. 주크 디 홀드의 안개 마법이 있었다면 화공(火攻)을 쓸 필요 없었겠지만……. 꿍꿍이를 알 수 없는 그

여자는 지금 여기 어딘가 숨어 있겠지.'

서걱-

연기 속에서 튀어나오는 검날을 피하며 카릴은 또 다른 적의 목을 베었다.

'옛날 생각이 나는데.'

전생(前生)의 그는 마력을 쓸 수 없는 몸. 오로지 검 하나로만 제국인들을 상대해야 했었다.

그렇기 때문에 그는 어린 시절부터 정면 승부를 하는 것보다 암살에 가까운 싸움 방식을 택했었다.

기척을 숨기고, 뒤를 노린다.

촤아악---!!!

본능적으로 그은 검날에 붉은 피가 솟아올랐다. 카릴은 손바닥 위로 아그넬을 한 바퀴 핑그르르 돌리고서 검날을 아래로 내려 잡았다.

팍! 팍-! 팍-!

파바박--!!!

찍어 누르듯 조금 전 옆에 있던 적의 다리에서부터 허리까지 수십 차례 단검을 쑤셔 넣었다.

"컥…… 커컥……."

자신의 앞으로 쓰러지는 적의 시체를 밀면서 앞을 바라봤다.

매캐한 연기 때문에 금세 얼굴이 따가웠다.

'오랫동안 움직이긴 힘들 것 같군.'

속전속결(速戰速決). 숱한 전장을 경험했던 그였다.

게다가 이건 전쟁이 아니다. 훈련된 병사도 명예로운 죽음을 위해 싸우는 기사도 없다.

아무리 수가 많더라도 결국 우두머리를 잡으면 나머지는 오합지졸이라는 것.

천천히, 발소리도 없이 카릴은 걸어갔다.

"사람 죽이는 거 많이 해봤나 봐."

"……!!!"

연기 속에서 들려오는 그의 목소리에 큐란은 허리에 차고 있는 두꺼운 검을 뽑으며 휘둘렀다.

부우우웅---!!!

하지만 그의 검은 허공을 가를 뿐이었다.

속삭이듯 담담한 목소리가 들렸다.

"나도 꽤 해봤는데."

무법항의 모든 배가 불타고 있었지만 단 한 척.

유일하게 멀쩡한 배가 있었다.

우우우웅……!!

우웅……!!

소용돌이 같은 바람이 휘몰아치는 가운데에서 멀쩡하게 서 있는 배 위에는 방향을 조종하느라 정신없이 노를 움직이고 있는 수안 하자르가 있었다.

'제길……. 저 꼬마는 뭐지?! 불구덩이 사이로 아무렇지 않게 뛰어들다니.'

그와는 달리 뱃머리에 서 있는 에이단 하밀은 날카롭게 눈을 흘기고 있었다.

"후우……."

그의 양팔에서 뿜어져 나오는 강렬한 바람이 서서히 잦아들기 시작했다.

공격용은 아니지만 항구 전체에 가까울 정도로 넓은 범위에 마력을 쏟아부었다.

양팔이 저릿저릿한 느낌에 에이단 하밀은 자신의 손목을 주물렀다.

"대단하시네요. 그 정도 실력이시면 타투르에 오지 않으셔도 될 것 같은데……?"

에이단의 내막을 알 리 없는 수안은 그가 마법을 쓰는 것에 짐짓 놀란 표정으로 말했다.

"보잘것없는 능력입니다. 제국인이 태어날 때부터 가지는 마력 수준이죠. 겨우 잠깐 마력을 썼다고 이 모양인걸요."

그는 떨리는 두 팔을 수안에게 보여줬다.

확실히 그가 바람을 일으킨 시간은 불과 몇 분에 불과했다.

"……."

그의 말이 모두 거짓말은 아니었다. 애초에 그는 마법사가 아니니까.

그에게 있어서 마법은 공격 수단이 아니었다. 단지 암살자로서 기척을 숨기기 위한 용도일 뿐.

그러나 연기가 이동에 맞춰 풍향을 조종하고 각 위치마다 세기를 바꾸는 컨트롤은 마법사들조차 쉽게 할 수 있는 일이 아니었다.

'원래 계획대로라면 수안 하자르가 큐란과 맞붙게 만들려고 했는데……. 완전히 엉망이 되었어.'

물론 무법항이 어떻게 되든지는 알 바가 아니었다.

수안 하자르. 노예왕이라고 칭해지며 이민족에게 절대적인 인기를 누리고 있는 이 남자는 자신들의 계획에서 절대로 빠질 수 없는 존재였다.

'무슨 일이 있어도 그를 우리 쪽으로 끌어들이라는 황자님의 명이 있으셨는데, 일이 왜 이렇게 꼬인 거지…….'

차근차근 물밑작업부터 하려고 했었다.

그런데 갑자기 그가 피아스타에서 정체불명의 소년과 도망을 쳤다는 보고를 받고 이렇게 상황이 급박하게 바뀐 것이었다.

'가만히 있어도 어차피 풀려날 사람이 무리해서 도망친 이유는 분명 있다.'

고민할 필요가 없다.

바로, 불타는 무법항 안으로 아무렇지 않게 들어간 소년 때문이었으니까.

'기껏해야 15살도 안 되어 보이는 애송인 줄 알았는데……. 그건 암살자도 가지기 힘든 기운이었어.'

표정 하나 변하지 않고 사람을 죽이는 모습에서 에이단은 자신도 모르게 소름이 돋았다.

'하지만 알아낸 것도 있지. 일단 녀석이 화계열의 사용자라는 것. 이만한 배를 모두 붙일 정도면……. 최소한 2클래스 이상의 마력을 지녔을 터.'

카릴이 속성에 구애받지 않는 무색의 마법을 쓸 수 있다는 사정을 알 리 없는 에이단은 멋대로 추측하고는 회심의 미소를 지었다.

'위에 보고해야겠다.'

유능한 재능. 건방지지만 매력이 있다.

'게다가 살아온 세월이 다르지.'

나이가 어리다는 것은 분명 어딘가 틈이 존재한다. 충분히 다룰 수 있다.

'그분이 좋아하실지도 모른다.'

물론, 카릴 맥거번이 지금의 그보다 수년을 더 살아왔고 수백의 전장을 겪은 사람이라는 것을 그가 알 턱이 없다.

단단히 준비된 것 같은 자신이 한없이 허술해 보인다는 것조차 말이다.

전생의 역사상 존재하지 않을 일이었다.

대륙의 모든 정보를 손아귀 안에 쥐락펴락했던 에이단 하밀의 최초이자 최대의 오류가 몇 번이나 여기서 일어나고 있었다.

'검술 실력도 상당하던데…….'

더 이상 설명할 필요도 없을 만큼 완전히 헛다리를 짚고 있는 그는.

'어디서 키워진 놈이지.'

머릿속에 루레인 공국과 이스트리아 삼국의 교관들을 떠올리며 갖은 상상을 했다.

'역시…….'

그러고는 자신이 마치 대단한 걸 결심한 듯 고개를 끄덕이며 생각했다.

'어디 소속이든 우리가 그를 빼앗으면 타국에 타격을 줄 터. 내 눈으로 직접 확인해 보겠어.'

그의 머릿속엔 이미 수안 하자르가 아닌 카릴에 대한 것으로 가득 차 있었다.

어째서일까. 그건 그 스스로도 알 수 없었다.

에이단의 머릿속엔 이미 온통 카릴 맥거번이란 사람에 대한 궁금증으로 가득 차 있었다.

"쥐새끼 같은 놈!!"

큐란은 자신의 어깨에 난 상처를 움켜쥐며 소리쳤다.

쿠드득…….

쿠득…….

승모근에서부터 어깨까지의 근육이 살아 있는 것처럼 묘한 소리를 냈다.

꿈틀거리자 예리한 아그넬에 의해 생긴 상처가 아물었다.

아니, 상처는 여전했지만 놀랍게도 그의 단단한 근육이 상처가 벌어지지 않게 피부를 움켜쥐듯 조이고 있었다.

촤아아악---!!!

촤악---!!

물을 쏟아붓듯, 큐란의 주위에 거센 물보라가 뿜어져 나왔다.

그러자 건물 가득 채웠던 연기가 순식간에 사그라들었다.

"호들갑 떨지 마라. 건물에 불난 것도 아니다."

치이이익…….

치이익…….

"다 꺼져."

건물이 머금었던 밖의 열기를 뱉어내듯 바닥에서 새하얀 수증기들이 일어났다.

"흐…… 흐익!!"

"크아악!!"

큐란의 말 한마디에 쓰러져 있던 부하들이 너도나도 할 것 없이 황급히 문을 박차고 도망쳤다.

"퉷."

목이 칼칼한지 가래를 뱉어내며 그는 천천히 주위를 훑었다.

"이제야 건방진 상판을 보는군. 네놈이냐."

파앗-!!

카릴의 몸이 바닥에서 튀어 오르더니 마치 공중을 밟듯 허공에서 직각으로 방향이 꺾였다.

떨어지는 가속도와 함께 그의 단검이 날카롭게 큐란을 노렸다.

'줄기차게 한 곳만 노리는군.'

바로, 자신의 목. 조금 전 단검에 베인 어깨가 욱신거리는 느낌이었다.

'한두 번 해본 솜씨가 아니야. 단검으로 사람을 죽이는 법을 알고 있어. 아까 나갔던 녀석들이 돌아오지 않던데 이놈 때문인가?'

큐란은 카릴의 공격을 막으면서 생각했다.

'도대체 뭐야, 이 새끼.'

전혀 생각지도 못하게 갑자기 튀어나온 꼬마가 무법항의 불을 지른 것도 모자라서 자신을 공격하고 있었다.

항구의 주인이 된 지 수십 년이지만 이토록 황당한 일은 처음이었다.

카아아앙---!!!

큐란이 카릴의 검을 있는 힘껏 튕겨냈다.

"……."

들고 있던 검의 날이 엉망이 되었다. 공격을 한 번 한 번 막을 때마다 이가 부서지며 조각이 튀는 것이 보였다.

'저 검은 또 뭐야.'

그는 신경질적으로 들고 있던 검을 내던졌다.

"별 거지 같은 일이 다 있군."

그러고는 자신이 앉아 있었던 의자 옆에 세워진 거대한 태도를 쥐었다.

크르릉…….

마치, 검이 우는 것처럼 바닥을 쓸며 으르렁거리는 소리가 났다.

우우웅……!

촤륵--!! 촤르르륵--!!

그가 마력을 집중하자 푸른 세 줄기의 물줄기가 태도의 날을 휘감았다.

그 크기가 어마어마해 마치 큐란이 거대한 물기둥을 들고 서 있는 느낌이었다.

'해와검.'

카릴은 투박하기 그지없는 그 검을 바라봤다.

패도적인 그의 검술은 벤다기보다는 부숴 버리는 것에 가까웠다.

"애송아, 어디서 튀어나온 놈인지는 모르겠지만 넌 뒈졌어. 지금까지 저지른 일에 대한 대가는 톡톡히 치러야 할 거다."

큐란이 태도의 손잡이를 잡았다.

"귀족들 사이에서 괴상한 취미를 가진 녀석들이 있거든. 열

다섯이 되지 않은 아이의 심장은 10골드, 간과 허파는 7골드, 팔과 다리는 3골드."

카릴의 뒤에서 큐란의 비릿한 웃음소리가 들렸다.

"두 눈은 2골드. 하지만 가장 비싼 게 뭔지 아나?"

차가운 공기 내려앉았다.

"바로 성인이 되지 않은 아이의 가죽이지."

"……."

"무려 20골드나 하거든. 교단에서 알면 난리 날 일이지. 신을 믿고 온갖 고상한 척하는 제국의 쓰레기들. 내 눈엔 그 녀석들만큼 더러운 놈들도 없지."

"맞아. 나도 그렇게 생각한다."

걸어가던 카릴의 발걸음이 멈추었다.

"그리고 네가 말이 더럽게 많은 놈이라는 것도."

"……뭐?"

그의 얼굴이 구겨졌다.

"이 개새끼……. 누군지 모르겠지만 잘못 건드렸어. 내가 어떤 사람인지 똑똑히 보여주마."

그 순간. 카릴이 담담한 표정으로 그에게 말했다.

"잘 알지, 큐란 마지드."

"……!!!"

그 한마디에 그의 눈동자가 흔들렸다.

지금까지 누구에게도 말한 적이 없는 가문의 성을 눈앞의 꼬마가 알고 있다?

당혹스러워하는 그를 두고 카릴은 차갑게 웃었다.

"제국에 충성했지만 현 황제의 즉위 과정에서 반역자로 누명을 쓰게 된 해군 사령관 로페 마지드가 아버지. 어미는 뭐……. 흔한 가문의 시녀 중 하나인 마지드 가문의 사생아."

카릴의 말이 이어질수록 큐란의 얼굴이 일그러졌다.

"너 이 새끼……."

"하필이면 충격으로 아비가 미쳐 가문은 몰락. 그때 어미가 아비에게 맞아 죽고 그 원한의 상대인 제국을 등졌다는 답답하고 시시한 삶."

"닥쳐……!!!"

부우우웅──!!!

물을 머금은 태도가 큐란의 머리 위에서 떨어져 내렸다.

콰득……!! 콰드드득……!!!

콰가가각……!!

길어진 물기둥이 반원을 그리며 천장을 뚫더니 그대로 건물을 반으로 갈라 버리며 카릴을 향해 떨어졌다.

해와검(海渦劍-Sword of Sea Vortex).

검의 이름과 똑같은 마지드 가문의 독문 검술. 수(水) 속성의 마력을 집중시켜 바다의 소용돌이와 같은 힘으로 적을 압살한다.

마지드가(家)의 피가 흐르지 않는다면 절대로 쓸 수 없는 것이었다.

'서자에게도 자신의 검술을 가르쳐 준 남자다. 그런 자가 반역자일 리가 없지.'

카릴은 자신의 머리 위로 내리꽂히는 검을 바라보면서 담담하게 생각했다.

피해자 혹은, 희생자.

'현(現) 황제 타이란 슈테안이 아직 후계자를 정하지 않은 것도 그 때문이겠지.'

그 역시 제1황자가 아니었으니까.

황위를 쟁탈하는 과정에서 상식으로는 이해할 수 없는 많은 일이 있었다.

충신이 역신이 되고 간신이 현신이 되는 것은 비일비재한 일이었으니.

'진실은 황제만이 알겠지.'

촤즈르륵--!!

카강--!!

카릴이 튀어 나가듯 바닥에 닿을 듯 허리를 낮췄다.

'오러 블레이드를 쓰고 싶지만……. 아직 그 녀석이 모습을 드러내지 않았으니.'

마지막의 마지막까지. 최후의 한 수는 숨겨놓아야 한다.

"……."

어딘가에서 자신을 지켜보고 있을 눈동자가 있으니까.

콰아아아아앙……!!!!!!

두 사람이 맞부딪쳤다.

격돌하는 순간. 사방으로 송곳 같은 날카로운 물줄기가 태도에서 돋아나며 카릴의 등을 노렸다.

카릴이 몸을 돌리며 단검으로 자신의 허리를 노리는 물줄기를 막았다.

쾅---!!! 쾅!!!

콰앙---!!!!

엄청난 굉음과 함께 그의 몸이 충격을 버티지 못하고 빙그르르 돌며 튕겨 나갔다.

촉수처럼 물줄기의 공격은 한 번으로 그치지 않고 바닥에 착지한 그를 집요하게 쫓았다.

콰악!! 콰가강!!

카릴은 텀블링을 하듯 손을 뻗어 뒤로 넘어갔고 물줄기들은 그가 있었던 자리에 하나씩 박혔다.

"쥐새끼 같은 놈!!"

큐란이 있는 힘껏 태도를 휘둘렀다.

횡으로 베어진 검날을 타고 날카로운 검기가 카릴을 덮쳤다.

"이제 도망칠 곳 없다!!"

그 순간, 카릴은 단검을 수직으로 세워서 얼굴을 막으며 태도의 옆 날을 걷어 올렸다.

카가가가각---!!!

무게가 실린 태도는 단검으로 튕겨낼 수 있는 것이 아니었기 때문이다.

게다가 카릴과 큐란의 무게는 거의 3배가 넘게 차이가 났다. 체급의 차이가 심각할 정도로 나 있는 상태에서 힘으로 그의 공격을 맞받아친다는 것은 상식적으로 불가능한 일이었다.

콰앙……!!

카릴의 몸이 튕겨 나갔다.

콰강캉……! 쾅! 콰아앙……!!

바닥에 부딪히고서도 속도가 줄지 않아 그의 몸은 공처럼 튕겨 나가며 벽에 부딪혔다. 요란한 소리와 함께 벽이 부서졌고 그는 수십 미터를 날아갔다.

"……!!!"

배에서 내려 건물로 다가오던 에이단과 수안은 그 광경을 보며 놀라지 않을 수 없었다.

치이익…….

불타는 배의 연기와 바닥의 흙먼지가 뒤엉키면서 주변이 희뿌옇게 변했다.

경악하는 사람들과 달리 정작 공격을 맞은 카릴은 담담한 표정이었다.

to be continued

Wish Books

나는 될 놈이다

글쓰는기계 게임 판타지 장편소설

WISHBOOKS GAME FANTASY STORY

판타지 온라인의 투기장.

대장장이로 PVP 랭킹을 휩쓴 남자가 있다?

"아니, 어디서 이런 미친놈이 나타나서……."

랭킹 20위, 일대일 싸움 특화형 도적, 패배!

"항복!"

'바퀴벌레'라고 불릴 정도로

끈질긴 생명력을 가진 성기사조차 패배!

"판타지 온라인 2, 다음 달에 나온다고 했지?"

평범함을 거부하는 남자, 김태현!

그가 써내려가는 신개념 게임 정복기!